청어詩人選 239

절규(絕叫)

김
경
희

시
집

청어

2019년 마곡사 담쟁이

절규(絶叫)

김경희 시집

2020년 새해

시인의 말

사람은 태어나면서부터 절규한다, 있는 힘을 다해서. 지나온
시간을 뒤돌아보면 혼돈의 바람에 수많은 시련을 겪고 여기
내가 서 있다.
속으로 삭이고 울부짖은 삶.
그래도 어쩔 수 없는 하나 뿐인 나의 소중한 지난 시간.
큰 용기 내어서 졸시를 이렇게 활자화시키고 보니 하나하나
살아서 나의 가슴에 박힌다. 내가 걸어온 발자국의 울림이
었다.

내 시를 읽어주시는 모든 분들께 진심으로 감사를 드립니다.

덧붙여 어린 시절 그림그리기를 무척 좋아했습니다.
시집 출간에 용기 내어 지난 한 해 동안 찾아다닌 우리나라의
명소를 까마득히 잊고 지냈던 초등학교 시절을 회상하며 크
레파스로 표현해 보았습니다.

2020년 봄
김경희

차례

2부 동행

3부   나에게 쓰는 편지

4부 가을 여행

2019년 여름 수타사 계곡

1부

그림 같은 인사

이별

한가한 시골 정원
녹색이 짙어가고 원추리 자주달개비
새끼 꼬듯 줄줄이 엮어 보랏빛 꽃등 밝힌 맥문동

한가롭게 뒹굴고 노는 열두 마리 강아지
한쪽 눈에 먹물 뒤집어쓴 모습
애꾸 선장의 카리스마 보인다

어미 개는 한눈에 볼 수 있는 시야에서
조용히 지켜 보고 있다

정원 입구의 허물어진 돌담 곁에 세운 푯말
지나가던 길손들은 속속 정원을 찾아든다

강아지들은 착한 주인 따르듯
사람들 발자취를 쪼르르 쪼르르 따른다
한 마리 한 마리씩 그렇게 품에 안겨 떠난다

자동차의 시동 소리 들릴 때마다
새끼와의 영원한 이별을 감지한 어미 개
축 처진 젖가슴 끌며 숨이 턱에 차도록 차를 배웅한다

해거름에 넘어가는 노을
붉게 물든 핏빛 구름도 말없이 흐르고
푯말 세운 구릉지엔 헤어져 그리워할 수밖에 없는
상사화가 흐드러지게 피어 있다

절규(絕叫)

그대는 듣고 보았는가
떨어지는 낙화의 절규를
바람에 휩쓸려 쏟아지는 몸부림 소리를

그대는 듣고 보았는가
만년 빙하의 얼음 속에 갇힌
물 입자가 토해내는 멍들어 있는 울먹이는 절규를

참고 또 참고 참으니
형상이 되고 빛이 되고 세월 그림자가 되는구나

뭉크*의 절규는 시선으로 우리를 붙들지만
여기 나의 침묵하는 절규는
누가 보고 듣고 있나요

*뭉크 : 노르웨이의 표현주의 화가

전야제(폭풍 전야제)

조용한 밤이다
하늘의 별들도 초롱초롱함을 잃고 고개 숙인 밤
왠지 숨소리마저 조심스러워진다

깊은 심연에서 끓어 오르는 표현하고 싶은 마음
참고 참았던 너를 위해 울부짖음
이제야 터뜨려 천지에 알리네

한순간도 마음 놓고 너를 잊은 적이 없다
인내의 늪 속에서 한 계절 지나고
벅찬 가슴으로 너를 만나러 가는
내 사랑의 표현 이렇게 시작된다
마지막 숨결마저 소진 될 때까지
너를 위해 울부짖으리라

태고의 숨소리 거칠어 지는 밤
텅 빈 머리 텅 빈 가슴으로 소리죽여 기다리네

그러려니…

언제부턴가 그러려니로 시작해서 그러려니로 하루를 마감한다
목적도 없고 결과도 찾을 수 없는 미궁을 헤맬 때
그러려니는 마음에 찾아 들어와 서글픈 위로와 호수 같은 잔잔함이
점점 채워지며 나는 미동도 할 수 없는 청송 주산지의 왕버드나무가 된다

아침 햇살에 은비늘 번쩍이며 대지의 공기를 가르고 솟아오르던
힘찬 잉어의 비상은 어디로 갔는가
숨결을 다스리며 다스리며 그대 호흡하고 있는가
미야자키* 같이 가쁜 숨 몰아쉬며 용트림으로 솟아나고 싶다

그러려니로 시작한 아침은 안 그러려니로 기대되는 저녁의 숙제를 풀고 싶다

*미야자키 : 일본 남쪽에 있는 작은 도시

장미꽃 길

이렇게 화려한 계절이 있었던가
코끝에 스며드는 상큼한 조금은 덜 익은
풋사과 같은 싱그러운 향내에 이끌려 끝없이 걷고 있다

오월의 여왕처럼 아름답고 은은한 향기 풍기며
고운 발걸음 우아하게 걷고 싶다

너에게 사랑을 받으며
너에게 사랑을 전하며

아픈 상처를 만드는 가시는 속으로 보듬고
미소 가득한 얼굴로 바라보는 너에게
한 아름의 사랑과 젊은 날의 마음 닮은
장미꽃 송이로 다가가고 싶다

호수

내 마음은 호수
거센 비바람도 비껴가는
크지도 작지도 않은
깊은 산 속 홀로 행복을 느끼는 호수

청명한 가을날엔
고운 단풍잎 찾아와 쪽배 띄우고
원무를 그리며 그 깊은 뜻알고 싶어 하네

별 밤엔 영롱한 보석 뿌려주며
실 눈썹 같은 초승달도 찾아 주고
진정 사랑하노라 애틋한 눈길 보내네

나는 베일 하나 걸치지 않은 몸과 마음으로
그대의 생명이 시작된
태초의 몸놀림을 사랑하고 있네

여기 사색의 공간에서…

꿈

한발 앞서 걸어가는 그이
걸음 재며 쫓아가 잡은 손

지금 어디를 가고 있나요?
천국을 향해 걸어가고 있네

번쩍 눈뜨고 바라본 창틀 사이로
고운 아침 햇살
스며들고 있네

그동안 드린 내 기도
그이의 발걸음에
힘을 보탰나…

나무 한 그루

나에게 어디메 부모가 있었던가?
광활한 우주가
하늘의 속삭이는 별들이
부드럽게 감싸주는 바람이
나를 사랑하는 의미

사계절의 풍상을 겪고
오직 한 길 위로만 바라보며
팔을 뻗었네
까마득한 먼 옛날 온갖 어린 생명이
내 동무가 되어 주었네

이제 노송이 되어 나를 길러준
자연의 이끌림에
나의 두 팔은 힘있게 뻗어 나가고
천 년을 산다는 학의 둥지도 보듬고
어린 생명도 키우며
나의 벗은 잎새들은
추위를 녹이는 불씨도 되고

세월 지나
어느 시인의 시상을 맑게 도와주는
세월의 솔향 전할 수 있는
탁자로 쓰여도 기쁘고…
어느 산사의 일주문의 아름드리
기둥이 되어 풍경소리 들으며
흘러간 한 세월 음미해도 좋으리…

나는 침묵으로 흘러 흘러
세월을 안으로만 채우고

그 무엇이 되어도 좋으리…

3월에 띄웁니다

마음에 얼어붙었던 고드름
서서히 녹아내리고
맑은 햇살에 창문 열어보니
꼬물꼬물 피어오르는 바람결 느낄 수 있네
벌써 마음에는 봄꽃이 하나둘 피어납니다

긴 날 무던히도 참고 견딘 생명에게
화창한 봄날을 데리고 올 3월의 움트는 기쁨과
입김 함께 보내고 싶다
아직은 변덕스럽고 심술궂은 성깔이지만
분명 화려한 꽃소식 안고 올 전령사

나는 너의 문턱을 밟고
철부지인 너처럼 마음 설레고 가슴 뛴다

천사

나의 꿈길을 지켜주고 싶은 마음
하얀 비단길 드리워 밤하늘의 은하수까지 닿을 수 있도록
밤새 순백의 꿈을 엮는 이
영롱하고 맑은 고운 꿈 꾸며 편안한 안식의 순간이 될 수 있기를
내 영혼의 주위를 맴돌며 두 손 모으는 자태

새날을 맞이하여 기운 솟구치는 몸과 마음으로
새로운 생명을 이어가고 희망과 행복 놓지않고
두 손 가득 힘차게 움켜쥐고 나아갈 수 있기를
소원하는 기도의 음률
마지막 정열과 순수한 사랑까지 아낌없이 쏟아줄 수 있는
그 힘을 믿기에
나는 단잠을 자며 새날을 꿈꿀 수 있다

그림 같은 인사

약국 근무에 노곤해지는 오후
두 돌 배기 공주를 만났다
신열이 얼굴에 볼그스레 오르고 콧물까지 흐르는데…
애잔한 마음에 약을 아기 엄마에게 건네주며, 많이 아프니?
아픈 얼굴이 배시시 웃는다
"인사는 아주 잘해요"
아이 엄마의 말에 나는 두 손 모으고
"안녕하세요?" 먼저 인사를 건넸다
어린 공주는 고통스러운 얼굴이 차츰 온화한 표정으로 바뀌더니
입꼬리부터 서서히 올라가며 눈꼬리는 초생달처럼 가늘게 미소
를 머금고
손 모으고 고개를 천천히 숙이며 인사를 보낸다
가슴이 뭉클해진다
이렇게 아름다운 인사를 받아보긴 처음이다
연거푸 세 번을 더 시켰지만, 매번 단아한 표정과 그림 같은 미
소는 변함없네
너의 고은 인사로 약국 할머니는 피곤도 달아나고
행복한 미소가 마음 가득하네
아가야! 하루속히 건강해져서 너의 고운 인사로 주위에 행복을
전해주렴…

재촉하는 비

깊은 땅 울림으로 천천히 조심성 있게
사근사근 속삭이듯 내린다
모두 비우고 떠날 준비를 할 때라고…
그동안 누렸던 찬란한 빛깔의 세월

수줍은 꽃망울 터뜨릴 때의 설렘
녹음 우거진 계절의 힘찬 폭포수
빈손에 가득 채워준 아름드리 결실
이만하면 남은 앙금 훌훌 털어내고 갈 수 있겠네

부디 미련 두지 말고
아까워하지 말고, 가진 것 모두 내어주고
땅 울림의 소리에 이끌려 오라고 오라고…
내가 죽어 네가 살 수 있는 진리
만추에 내리는 비 속삭인다

쌈

푸근하고 초자연적인 먹거리다
우리네 조상들도 옛적에는
짐승들과 같이 풀 먹듯
뜯어 먹었으리라

약국 근무에 노곤해지는 점심시간
마음 맞는 후배 직원들과
쌈 먹는 점심 기다려진다

쌈 한 입 불룩 넣은 입에
눈은 망둥이 눈처럼 튀어나온 양이
맞선 보는 자리에서는 금기식인 것 같아
혼자 속으로 미소 짓는다

쌈장이 맛을 좌우하니
몇 해 전부터 된장만은
좋은 재료 구하여 직접 담는다

원초적 자연의 맛에 맛있다는 소리
불룩이 넣은 입에 비명처럼
콧김으로 바람 소리 내며
오물 우물 손까지 입술 막아주며
한가득 풋풋한 생기를 머금는다

너와 나, 이 시간만은 손아래 없이
모두 한마음으로 두 눈 부라리며
자연의 맛 삼킨다
어디 이렇게 정겹고 푸근한
입맛 나는 것이 또 있을까?

쌈 먹는 재미에 오늘도 피곤한 줄 모르고
즐겁게 근무한다

수줍은 미소

성당 발코니를 통해서 본 유아방
어린 사내아이가 내 눈과
밤하늘의 검푸르고 맑은 호수 같은
눈이 마주쳤네

싱긋 한번 미소 짓고는
뒤뚱뒤뚱 걸어서 한 바퀴 돌고
다시 처음 그 자리로…

나의 눈을 찾고는
수줍음 가득한 미소로
절레절레 고개를 한번 돌리고는
또 안으로…

잠시 뒤 또 나를 확인하고는
수줍음과 반가움 가득한 미소를
나에게 흠뻑 보내고는 또 사라지네

먼- 옛날 나를 사랑한
첫사랑의 미소가
저리 순수하고 해맑았을까

너는 오늘 아침
성당에 하강하신
천사님의 미소임이 틀림없네

배고픔의 전설

온통 하늘이 노랗다
봄볕에 고개 들어 대지에 솟아나는 허기
그 하늘의 한낮 볕은 등줄기를 휘감을 만치 길었다

누렇게 뜬 달덩이처럼 부풀어 황소 같은 큰 눈만 껌뻑이던 선이
그 선이가 우리 집에 왔다
그녀가 먹을 수 있는 건 없었다
땅으로만 파고 들어가 한 움큼의 진액으로 목구멍을 쓰다듬어 주는 일
그래도 칡넝쿨이 생명의 똬리를 틀고 있어 다행이었다

멸치 눈알과 눈이라도 마주치는 날엔
그녀의 온몸은 술빵처럼 발효되어 부풀었다
하루 이틀 풍선처럼 꺼진 허기가 사라지고
복숭앗빛 뺨에 눈 큰 아가씨가 되었다

서리 내리는 아침 동네 어른들이 모여 간간히 바람처럼 스치는 말
둑방 다리 밑 거지 아이의 영혼이 가벼운 새털처럼 날아갔다고,
등줄기에 찬물을 끼얹은 듯 가슴 콩닥거리며 달려가던 학교

귀에 젖도록 들어온 한 알의 쌀이 영글어 가는 과정
지금도 나는 천성처럼 내 아이들의 밥그릇에 묻은 밥풀에 시선이
꽂히기도 한다
소꿉친구들과 고무줄놀이에 정신이 팔린 나는 해 질 녘까지 뛰고
놀았다
때맞춰 엄마의 목청 높인 소리 들려오곤 했지

경희야, 밥먹어라

고등어 한 손

어릴 땐 예쁜 인형이 내 품 안에 들어오면
기쁜 마음에 비 오는 날 콩 볶이듯 팔짝팔짝 뛰었다

매화 꽃봉오리 맺히던 시절에는 고운 빛깔에 매료되어
발그스레한 분홍빛 소품에 절로 마음이 가던 때도 있었다

생활 전선에 전념하던 때는 모든 사물에 값을 매겨보는
지독한 경제인으로 생활을 했지

한 발 물러앉아 저만치서 바라보니
추억은 이제 멀리 떠나갔고 나를 벗어나 있다

지금 내가 숨 쉬고 있는 바로 여기 내 삶이 있는 자리에
먹고 싶다는 것 구해서 가져오는 친구의 그 마음 감사하다

맛있는 음식을 먹을 때 생각나는 친구
그는 격식을 갖추어야 만날 수 있는 이도 아니다
그저 추운 겨울날 따뜻한 손으로 덥석 손부터 잡아주는 넉넉한
마음이면 된다

그런 그가 연신 미소를 지으며 맛있게 먹는 모습 상상하면 흐
뭇해진다

내가 바로 누군가에게 그런 우정이 되었다면

해 질 녘 으스름이 찾아 들 때 들고 온 간절이 고등어 한 손
나는 아직도 고소하고 짭조름한 그 맛
잊지 못한다

가시

찌른다
때와 장소를 가리지 않고
나는 너에게 상처를 줄 수 있다는 무서움을 보일 때
우리는 움츠러들고 거리를 유지하며 안전을 택한다
시인 릴케는 아름다운 장미 한 송이에 폐부를 찔리기도 했다

보이지 않는 선으로 위장한 복병을 만날 때
이성은 마비되고 혼돈을 몰고 올 때도 있다
세상을 흩어져 보이는, 보이지 않는 고통을 만드는 찌름
그 사이를 지나며 어르고, 달래기도, 고이 쓰다듬어 보내기도 한다

위험에 주저함이 없이 저돌적으로 뛰어드는 한 생명이 있다
약하나 위대한 사랑의 힘은 흐르는 피를 겁내지 않고 평화로 이끈다

우리 앞의 위험을 제거해준 이름
어느덧 세월 흘러 내 어깨 위에 어머니라는 이름 훈장처럼
살포시 내려앉았네

발자국

하얀 눈 위에 선명히 찍힌 첫 발자국
두 발자국과 같이 간 네 발자국

중간쯤 가다가 네 발자국은 뭉개지고
더러는 부드럽게 원을 그리며 뒹굴어 나간 흔적

종을 달리하는 생명체로 만났지만
둘이 걸어간 그 흔적은
하얀 설원에 따스함이 밀물처럼 밀려오는 것

멀리서 뒤따르는 이 길에
눈으로 보는 그 사랑의 이심전심
추위도 이겨낼 훈훈함이여 온몸이여

낙화(落花)

내려오던 길
좁은 언덕길 양 옆의 벚꽃

발그스레한 꽃잎 추적이는 이슬비
더하여 한줄기 꽃샘바람

분홍빛 치마폭 휘날리듯
온몸을 감싸고 꽃비가 내린다

머리와 얼굴에 내려앉은 절절한 봄

꿀꺽 꿀꺽
선홍빛 눈물을 가슴으로 삼키며
몸도 마음도 하염없는 봄비에 젖어…

혹한의 시절 잘도 지내왔건만
생명을 노래하는 환희의 계절
끝없는 닻을 내려 바라보는 심연의 끝자락

기쁨은 슬픔과도 연장선상
낙화(落花) 분분(粉粉)한 오솔길

외로움에 떨고 있는 한 마리 박새

단소 소리

구름속을 한바탕 휘젓고 살포시 내려온 소리는
하늘의 신선이 대화할 수 있는 영롱한 신비의 소리

휘영청 달 밝은 대청마루에
화문석에 정좌하고 부는 단소 소리는
우리네 고향의 소리 온몸을 관통하는 조상의 흐느낌과
내 마음 깊숙이 숨어 있는 뿌리의 혼연일치 소리
폐부에서 솟아오르는 눈물 참으며 숨 죽이나 여름날 낙숫물 같이
흘러들고
애간장 녹아나는 소리 차마 마저 듣기 아파라

절절히 가슴 여미며 파고드는 소리에
얼마나 많은 사랑이 꽃피우고 낙화 하였던가
이루지 못한 꿈을 한으로 풀어 망망한 하늘에
학의 춤사위로 꺼억꺼억 띄워 올렸던가

뼛속 깊이 스며들어 내 작은 몸 흔들어 한 밤을 지새우니
조상님이 쓰다듬고 아끼던 생명의 소리를
천년 후 미완으로 태어난 나에게 큰 소라귀로 그 뜻 깨칠 수 있는
연을 주신 게 틀림 없네

부활절

엄나무 새순에 봄은 연둣빛 여리고 쌉싸름한 맛으로 찾아왔다
추위에 떨고 입맛조차 쓰디쓴 소태 맛
떠나는 겨울의 끝자락을 붙들고 많이도 아팠다
내 몸은 내 몸이 아니었다
자리보전하고 한바탕 식은땀을 흘리고 나면
먼 고향길 헤매다 온 도시의 이방인 같은 몰골로
맛집을 찾아 한 끼를 때우고 다녔다
건강은 자신 한지라 내색 않고 약도 오기로 버티고 봄을 앓았다
봄은 왔다지만 아침저녁 쌀쌀한 기운은 나의 체온을 오르내렸다

고향을 다녀온 친구가 엄나무 순한 두릅과 고사리를 들고
시들기 전에 봄기운을 맛보라고 뛰어왔다
내 몸은 쌉싸름한 봄의 향기와 입맛이 필요했다
변해버린 입맛은 봄나물의 쓴맛이 돌려주었고
산뜻한 봄 향기가 입속에서 맴돌았다

새봄의 파릇한 생명으로 나의 입맛을 찾아준 친구
늘 그렇게 내 곁에 오래 머물러 주기를…
오늘이 바로 새봄처럼 찾아온 부활절이네

봄의 상념

화창한 오후
마트에 들러 장을 본 후
한 꺼풀 졸음에 겨운 눈을 내리깔고 집으로 오는 길

연둣빛 봄 색깔에 연보랏빛을 배색한 가느다란 작은 애벌레
꼼지락거리며 보도 블록 사이를 온몸으로 기고 있다

아직은 쓸만한 내 시야에 들어왔다
한두 걸음 지나치다 어릴 적 고향 들판을 뛰놀며 함께 날며 춤
추었던
봄의 파스텔 톤을 다 갖춘 작은 부전나비 애벌레란 생각이 문
득 든다

멀리서는 한 군단의 힘이 넘치는 남학생들이 걸어오고 있다
나는 급히 뒷걸음치며 돈을 빌려 쓰라는 광고지 한 장을 주어서
애벌레를 옮길 양으로 애를 썼으나 온몸으로 좋아하며 거절했다

자기 족보에 빚을 쓴 역사는 없다고
5월의 푸르름과 화창함을 만끽하고 싶어 태어난 그는
오직 자연의 섭리와 교감하고 살았다고…

생사가 달렸을 때는 빚도 쓰는 동물도 있다고
어르고 달래서 겨우 길 옆의 꽃밭으로 옮겼다
씩씩한 남학생들의 발걸음은 지척에서 울리고 있었다
휴~ 싱그러운 봄기운이 가슴에 스며들었다

2019년 여름 양재공원에서

나목(裸木)

모든 것 털어낸 나목은
꿈 하나만을 간직하고 있다

젊은날의 푸르름 사랑으로 맺은 열매
몸뚱이 하나 가릴 것도 마다하고 모두 내어준 나목은
그래도 혼자 꾸는 꿈이 있다

시련의 폭풍 불어와 온몸을 에일 때
깊은 땅 속 울림에 조용히 귀 기울이고
그날을 기다리며 기도하네

나목은 죽어도 죽은 것이 아니요
살아도 살아있는 것이 아니요

진실로 부활할 그날을 꿈꾸고 있다

세월

내 눈은 살핀다
달력에 새겨진 숫자의 종종거리는 발걸음

내 귀는 경청한다
머— 언 전설의 입김이 스민 바람결의 속삭임

내 입은 읊조린다
그리움이 남기고 싶었던 침묵의 언어
설익은 시어 온 마음으로 건져 올려 고이 펼친다

쉬지 않고 변화하는 모습
마음과 영혼을 다하여 한바탕 뒹굴고 싶은 찰나

꼭 붙들고 싶은 간절함에
오늘도 한 자락 휘어잡고 스케치를 한다

응가

아스라한 옛적
우리는 내 아이의 응가에 얼마나 심취 했던가?

그 푸르스름한 색깔에 혹시 놀랬나 마음 조리고
그 냄새에 코를 쿵 쿵 대고 멍울에도 혹시 배가 아픈가?

너의 전생은 주인에게 힘과 생명을 주었지만
이제는 네 소명을 다 하고 떠나는 때

너가 미련으로 목 매달 때 너의 주인은 병원으로 약국으로
불쾌한 배를 끌어안고 뛰어 다닌단다

길이 길이 붙잡고 싶은 애착과 욕심을 버리고
훌훌히 미련없이 떠나는 게 너의 주인을 위하는 길이란 걸…

이 아침 나는 떠날 때의 마음을 배우네

휴대폰의 반란

나의 눈 귀 발이 되어 밤낮없이 시달린 그
글을 쓴답시고 그의 얼굴 닦아준 적 드물고 닳도록 때와 얼룩만
찍었지
봄날의 행복한 나들이에 혹사 시킨 주인에게 철렁 가슴 쓸어내리게
했다

봄바람에 부풀어 친구와 꽃구경, 시를 쓰는 멋도 좋지만
자기 없이 하루만 살아보라고 말없이 사라졌다

그 순간 그의 존재는 거대한 쓰나미가 되어 휩쓸었다
머릿속은 하얀 구름처럼 허공을 맴돌고 배우고 익힌 모든 숫자는
먼지처럼 한 점 한 점 민들레 홀씨로 날아갔다
사랑과 정으로 엮어온 사람들도 하나둘씩 요술처럼 사라지고
나의 두뇌는 태아처럼 순수한 백지가 되었다

하늘이 무너져도 솟아날 구멍은 있다고,

손잡고 같이 간 친구가 있어 수십 번의 교환수 노릇 끝에
휴게소 상, 하행선으로 이별한 나의 분신은 도착지 터미널에서
상봉했다
목석같이 힘이 빠진 혼자 힘으론 불가능한 일이다

그래서 삶은 손 잡고 팔짱 끼고 함께 가는가 보다
봄비 속에 열심히 운전해 일 분의 착오 없이 시간을 맞춘 친구
모든 연락을 끝까지 해준 친구 두루 마음에 새기고…

차창의 봄비를 하염없이 바라보며
살아온 숫자의 값은 하지 말아야겠다고 다짐한다
나와 그의 인연은 꽤나 깊었는지 짧은 이별 긴 마음 졸임 끝에
만났다

2019년 여름 수타사 꽃무릇

2부

동행

살풀이
-효창공원 백범기념관
　3·1운동 제96주년 항일 여성선열 추모식에서

흰 소복에 외씨 버선
나올듯 말듯 수줍게 내미는 것은
저승을 찾아가 그리운 영혼을 만나고 싶은
그대의 발걸음인가

세상의 연륜이 배인 황혼의 무희는
단정히 쪽진 머리 흰 소복에 몸 감싸고
한을 풀어가는 그 몸 놀림은 가슴속 서늘한 바람이네

면사포 굽이 굽이 흐느끼며
여린듯 달래는듯 영혼을 부르며
숨 죽이며 고이 내딛는 버선목에 눈물 고이네

면사포 한 올에 마음 실어
멀리 구천에 있는 영혼에 마음 엮어올리니
서럽도록 흰 소복의 몸놀림은
눈물로 함빡 이슬 먹음은 이승의 한떨기 백합이네

어느덧 무희의 외씨 버선발은 숨가쁘고 빠른 띔새로
허공을 부여잡고 회오리의 원무를 그려 나가네
그리던 영혼을 만났나 보다

한 걸음 물러서며
지친듯 탈진한듯 흐느끼는 몸놀림으로
면사포 부여잡고 몸을 가누네

구천의 영혼은 마음줄 연결하여
살아 있는 영혼의 애틋한 마음 느끼고
위로 받고 멀리 멀리 떠나는가 보다

외씨 버선발로 숨죽이고
뒷걸음 치며 휘감은 면사포에 반 쯤 얼굴 가리고
어깨 들먹이며 전송하네

한참 뒤 박수소리 들리는 가슴마저 먹먹해 지는 춤

눈가에 이슬 맺히네

고려장
―아들 김석인의 시상 인용

낫처럼 굽은 허리로 아들 손을 잡고 집을 나선다
며느리는 옷 보따리와 기저귀를 챙긴다

노모는 봄날의 꽃 같은 나이로 시집와
유난히 머리가 컸던 아기를 죽을 고생 하며 낳았다
아픈 날이 많았던 핏덩이 가슴에 안고
종살이하며 기른 자식이다

평생 눈에 넣고픈 내 새끼…

신은 늙은 어미에게 자비를 베푼다
목숨과 바꾼 아들을 망각으로 지워낸다
아들 내외는 어느 요양원에 어미를 내려놓았다
어미는 사슴 같은 눈으로 떠나는 남녀를 바라본다

두 할메

황혼에 부부 못지 않은 푸근한 사랑으로 삶을 나누는 이가 있다
시골 한 마을에서 자란 두 처녀는 옆 동네 고즈넉한 산골에
인생의 실타래를 풀기 시작해 각기 일곱 명의 자녀 낳아 출가시
키고
모두 떠난 자리에 둘이만 오도카니 남았다
둘이 있어 하루의 삶은 빛나고 혼자일 때를 결코 생각해 본 적이
없다
단촐한 식사도 권하며, 맛보며, 꿀맛이 따로 없다

된장 같은 성격의 할메
아들이 사다 준 마지막 남은 막대 얼음과자
친구 주려고 고이 들고 가는 길에 이웃 노인 만나 엉겁결에 주머
니에 넣는다
손끌려 정자에 앉아 자꾸 말 거는 동네 친구
속타는 할머니와 점점 물이 되어가는 얼음과자
끝내 물렁 죽 탕이 된 봉지 하나 살뜰한 친구에게 건네니
"사탕 물속에 그래도 뼈 하나가 들어있네"
둘이 마주 보며 빙긋 웃는다

고추장 같은 성격의 할매
단짝이 신열이 나고 자리에 눕자 지팡이 짚고 달려와
물수건 이마에 얹어주며 걱정이 태산이다
자리를 털고 일어나니 고마운 마음에 씨암탉 잡아서
산에서 캔 약재 넣고 가마솥에 삶고 있었다
갑작스런 막내 아들 내외의 방문에 한 상 차려 먹고 있던 중,
어정어정 힘없이 들어서는 친구에게 대뜸 큰소리로
"귀한 내 아들 먹이지 너 줄 것 없다"
무안함과 서운함 함빡 뒤집어쓴 채 되돌아서 오는 길은 나보다 더 믿고 의지한
친구에 대한 절망감으로 캄캄했다
'내가 장난이 심했나'
뒤늦은 후회 물론 제일 먼저 큰 닭 다리 하나는
친구의 몫으로 따로 모셔 놓은 터다
하루 이틀 기다려도 오지 않는 친구 씨암탉 냄비 들고 찾아간다
"친구야 너 속 풀렸나"
큰소리로 질러댄다
빙긋이 웃는 무던한 성격의 할매
둘은 손을 마주 잡고 눈물 글썽인다

'나는(도) 너 없으면 못산다'

미수를 바라보는 두 친구 새끼손가락 걸며 갈 때도 우리 함께 가자

굳게 약속한다
내 마음 속에도 이런 보물 같은 친구 하나 있었으면…
TV 실화를 보며 내 얼굴은 소리 없는 흐뭇한 미소로 가득하다
눈빛만 봐도 통하는 그 사랑에 질투가 나기도 하는 깊어가는
가을밤이다

2019년 여름 안면도 자연휴양림

두 쌍의 모녀

지하철에서
만난 두 쌍의 모녀
할머니 엄마 손녀
나란히 맞은편에 앉아
도란 도란 정겨운 이야기 나누네

말 하지 않아도
얼굴 모습에서 그들의
족보를 읽을 수 있네

손녀가 하학길에 피곤한지 엄마 무릎에
털썩 책가방을 던지고는
어깨에 머리를 기대네

다음 엄마가
할머니 어깨에
행복한 미소를 지으며
고개를 떨구네

세 모녀 아니
두 쌍의 모녀는 우향우로
어깨에 머리를 기대고
말 없이 행복한
미소만 짓고 있네

할머니 혼자 주름진 얼굴에 만면에
미소를 지으며 꿋꿋이
정좌하고 있네

그 든든한 마음의
버팀목이야 말로
젊은 모녀가 살아가는
바로 그 힘이 아닐까

힘 세기로 한다면
분명 좌향좌가 맞을 텐데

황혼을 바라보는 나도
더욱 강건한
몸과 마음을 다져서
딸 손녀에게 든든한
버팀목의 지주가
되어야겠기에…

보기 좋은 흐뭇한 광경에
마음까지 훈훈한
지하철 풍경

끝없이 흔드는 손

저녁노을이 지고
가로수 불빛이 반추하는 거리
사라지지 않는 한 폭의 인물화
내 눈동자에 여명처럼 각인되어 손을 흔든다

누군가가 나를 그리도 살갑게 아끼고 보고 싶어 했을까

강산이 두 번이나 바뀌어 가는데…
골목길을 따라 나와 큰길 가로수에 서서
조각상처럼 그대로 새겨져 흔드는 손

봄에는 꽃잎 휘날리는 속에서
여름철 안개비 속에서는 젖는 것도 잊고
가을날의 낙엽 휘날리는 가로수 아래서 노을빛 닮은 모습으로
눈 내리는 겨울날 뽀얀 눈사람이 되도록
나의 뒷모습이 흐린 초점의 시야에서 사라질 때까지
엄마의 손은 한없는 그리움으로 춤을 추고 있었다

그 모습 세월 흘러 정으로 다듬고 두들길 때
가슴 저린 통증을 거치고 이제야 내 마음에
완전한 조각상으로 새겨져 있다

2019년 여름 안면도 자연휴양림

독

투박한 질그릇 넉넉한 그리움
거칠은 그 항아리 속에는 엄마의 손맛이
가족을 아끼는 계절의 삶이 녹아 있다

아직도 장 맛이 된장 맛이 코끝을 스치며
황토빛 흙 속에 녹아 있다

언젠가부터 나는 독을 닦고 있다
어루만지는 손길 따라 추억은 일렁이고
그리움에 젖고 회한에 사무친다

풀벌레 우는 밤엔 못다 한 말 공명으로 울려 퍼지고
조용한 달밤엔 달그림자 한가득 채우고
아낌없이 주고 싶었던 그 마음 전하네

이제는 나의 달항아리 맑은 물 가득 채우고
나의 눈과 마주친 밤 하늘의 작은 별 하나
달항아리에 담고 싶다

동반자

내가 가는 곳이면 너는 언제 어디를 왜 가야 하는지 묻지도 않고 동
행한다
몇 해 동안 나를 안전하게 길동무해준 너에게 감사한다
처음 너를 만났을 때 내 마음에 썩 들지는 않았다
눈에 띄지 않은 색과 생김새마저 평범했으니까
너는 가까이할 수록 진면목이 들어나 이제는 나에게 단짝이 되었다

우리가 함께 가슴 뛰면서 감탄하며 찾아간 곳은
아름다운 추억이 되어 지금도 생생하게 사진첩에 기록되어 있다
먼 거리는 꼭 너와 함께 했고 앞으로의 새로운 미지를 찾아갈 땐
너가 나의 동행 일 순위가 될 것이다

남극성을 바라보는 밤하늘도 아드리아해의 고성을 차근차근 밟은 기억
북유럽의 채도가 선명한 하늘과 빛나던 은빛의 무게감이 더 한 구름
명화들 뭉크의 절규를 볼 땐 한 몸이 되어 전율을 느꼈고
렘브란트의 돌아온 탕자를 볼 땐 신비스런 신의 자비를 엿보며 가
슴이 따뜻해지기도 했다

요정이 살고 있다는 피요르드계곡도 우린 한 순간도 떨어져 본 적
이 없다

이제 너도 중후한 황혼이 되었지만 한 번 맺은 인연은 영원한 거야
그동안 끌고만 다닌 게 미안해 깨끗이 씻기고 나니 옛날 광채가 아
직도 반짝인다
나는 너와 함께 할 봄 꿈을 꾸고 있다
북미의 알래스카까지 동행할 것이다
나의 발을 감싸준 방수된 튼튼한 회색 운동화
너의 이야기로 추운 겨울밤이 훈훈하다

부부

생각만 해도 애틋한 이름이다

아름다운 계절에 둘이 만나 열매 맺고
비바람 견디며 가끔은 천둥과 번개에
부둥켜 안고 떨기도 했지

한 세월 지루하게 느껴질 때도 있었지만
이제 먼 수평선을 바라보며
둘이 손 잡고 섰네

당신이 아파할 때 당신은 몸이 아팠지만
나는 내 마음이 아팠다오
내가 대신 아파줄 수만 있다면…

이 말 한 마디에 노부부의 삶은
잘 연마되고 빛나는 보석

둘이 있어 세상은
아름답고 살만한 가치가
있는 곳이 아니겠는가

한 발 떨어져 보고 듣는 이의 마음도
이게 바로 행복이구나…

엄마와 아기

아기는 엄마 곁에서 무럭무럭 자란다
엄마는 밤낮없이 기저귀를 갈아준다
기저귀 수만큼 아기는 자라고 엄마의 고운 손은 삶을 익힌다
엄마 곁에서는 캄캄한 밤도 폭풍우 치는 날도 무섭지 않다
엄마의 가슴에 얼굴 묻고 숨이 벅차 빨갛게 질려도
아기는 천상의 그 맛을 아는지라 금방 까르르 웃는다
태어 날때부터 온몸으로 엄마의 그 사랑을 흠뻑 먹고 태어났음이다
언젠가 기저귀는 끝났다 엄마가 한시름 놓는 때다
이제부터는 뒤를 닦아주는 일이 또 계속된다
아직도 손은 허리밖에 닿지 않는다
부지런히 먹이고 키우고 또 몇 해가 지나 여섯 살쯤 되어서야
팔이 자라 뒤를 닦을 수 있네
이제부터는 교육이다 물 불 가리지 않고 전심전력 다하여 아낌없이
바친다
세월 흘러 어느 날 엄마가 기저귀를 쓰네
잘 자란 아기는 엄마의 기저귀는 갈아주기 힘든 세상이 되었다
기저귀를 차야 하는 엄마는 요양원으로 가야 한다
처음 정해진 운명 엄마는 영원한 엄마여야 하고
아기는 영원한 사랑받는 자식으로 태어난 것이다

2019년 양수리 세미원

두 마음

수탉이 맛있는 애벌레를 발견하고
콕콕 쪼으며 낮은 소리로 구구 구구
두어 번 고개 까딱하며 기다리네
멀리 있던 암탉이 종종걸음으로 구르듯이 달려와
맛있게 먹네

할아버지는 싸고 좋은 과일 고르려 읍네 시장에
할머니 좋아하는 복숭아 한 상자 사 들고 또 둘러보네
한 손이 아직 남았으니…
가끔씩 잘 먹는 토마토도 내친김에 한 봉지

갑자기 내린 비로 흠뻑 젖어서 오는 길도 기쁨이었단다

달려가 맞이하는 할머니 마음도 앞마당의 암탉은 알았으리라

드럼치는 팔순

무대에서의 그는 정열 넘치는 이팔청춘
반세기 넘게 타악기를 두들긴 일인자
타악기가 이리도 정겹고 흥을 돋우는 줄 처음 알았네

"Come on Jazz Soul" 그가 아끼는 곡이라고
혼신을 다 바쳐 드럼을 치는 팔순 노인은 악기와 몸과 정신이
삼위일체가 되어 무아지경으로 청중을 몰고 가네

손발이 얼얼하도록 장단 맞추고
엉덩이까지 들썩이게 만드네

감정을 꾸밈없이 표현하는 서정적인 면을 가진 Jazz

청아하고도 폭발하는 호소는 푸른 밤하늘 멀리 날아가
사랑하는 이의 창가에 머물 수 있겠네

그대에게 나이는 숫자에 불과하네
영원히 늙지 않는 청춘으로 남아주오

산 비둘기

함박눈이 내린 지 며칠 지나
뽀드득거리는 빙판길에
곳곳에 유리알 같은 광채가 박혀있었다

현관문을 나서는데
산 비둘기 한 마리가 꼼짝 않고 엎드려 있다
움직일 수조차 없는 모양이다

두 손으로 감싸 안고
상자에 헌 옷으로 포근한 둥지를 만들어 주었다

지극 정성으로 물과 먹이를 준 지
삼 일째 되는 날 눈 반짝 뜨고 종종거린다
손님 오면 고개를 갸우뚱 겁내지 않고 사람 사이를 종종거린다
나와 친해진 탓이리라

달포가 지나는 동안
한 식구로 제법 힘 있는 소리로 "구─ 구─" 하더니
산 비둘기들이 창밖의 전깃줄에 찾아와 화답하네

햇살이 따뜻한 날 열댓마리 일렬로 가족이 다 모인 모양이네
마루를 한 바퀴 휙 날아 보더니
창문을 열어주니 날아가 가운데 자리에 앉아
창가에 서 있는 나에게
합창을 하네 "구구─ 구구─"

생사의 갈림 길에서
낙오된 지 달포가 지났는데도
동기를 잊지 않은 산 비둘기 가족에
가슴 아린 애정을 느끼며 마지막 나에게 "구구 ─ 구구 ─"
한참 동안 합창한 것 나는 마음으로 모두
느끼고 알아들었네

삐에로

가슴 속에 악기하나
간직한 삐에로

그 누가 가슴속
슬픈 현을 퉁기기에
눈물 가득 그렁 그렁한
눈에 눈물 자국이 새겨졌나

슬픈 가락의 여운이
살아지기도 전에
이젠 3/4 박자 명쾌한
알레그로의 현을 두들겨

눈물 흘리며
깔깔 웃고 있는 삐에로

너의 가슴속은
슬픔에 몇천 번 찢어지고
기쁨에 수도 없이
심장이 터졌던가

인생살이 수 많은
희비 쌍곡선을 그린다지만
삐에로 너의 심중은 어디로 보내고
오늘도 너는 울고 웃고 있구나

너의 마음을
움직이는 그건
진실한 사랑인가 가면인가

소년

그는 힘이다
포기하고 싶을 때도 그에게는 개척하고 이끌어주는
자석 같은 무기를 지니고 있다

지치고 병들어 식욕이 떨어지면 생은 서서히 막을 내리겠지만
왕성한 식욕을 가진 그는 남이 뺏어 먹을세라
입술 근육 좌우로 움직이며 달게 먹는 모습
바라만 보아도 환희다
가끔은 입맛에 흘려 자기 입술을 씹기도 하여 안타깝다

그 모습에 우리의 심장은 용기와 의욕이 꿈틀댄다
샘솟는 힘으로 삶을 개척하고 다가올 미래를 꿈꾸고 있다
그를 바라보면 황혼빛에 먼 산 바라보고 있던 나도
아침햇살 희망의 실타래 활짝 펼치는 전율과
고동치는 심장을 느낀다

동행

앞서가는 그대여 한발 늦추어
나랑 같이 가면

지나온 삶의 그림자를
내 재미있는 입담으로
들려드리고 싶네

때로는 바람 소리 새 소리 들으며
자연에 귀 기울이기도 하고

마음에 따뜻한 온기가 일어
그 따스함 내 맘에 전해진다면

내사 이 길을 밤새워 걸어도
해맑은 미소 지으며
아이처럼 즐겁고
행복하겠소

그대여 한 손만 내어준다면
손 꼭 잡고 끝없이 이 길을
걷고만 싶소

2019년 가을 길상사

3부

나에게 쓰는 편지

친구

너는 어느 별에서
내게로 왔니…

우리들의 봄날에
푸르른 희망과 정열을 안고
풋풋한 향기 풍기는 교정에서
우리들은 만났지

서로의 재능에 감탄하면서
때로는 무서운 경쟁자가 되어서
코피 터지게 학구에
열을 쏟은 적도 있었지

이제 녹음 짙은 푸르름은 사라졌지만
그대들의 잔잔하고 온화한 미소에
내 삶은 더욱 반짝이고
잘 연마된 보석이 되어가네

한 세월 보내고 생각하니
그대들이 있어 내가 있었고
사랑과 미움 용서와 감사 그리고
행복이 있었네

사랑하는 친구들이여
모두 건강하고 우리 내세에도 또 만나서
우리들의 역사를 이어가자

*을미년 4월 어느 날 아침, 눈시울을 적시며…

차를 마시며

남해의 따스한 햇살과
쪽빛 바다의 해풍을 맞고 자란 세작차
스님의 손길이 더하여
깊은 향이 더해진 귀한 차를 선물 받고

오랜만에 찾아온 친구와
다기에 녹차를 우려내어
정답게 눈길 마주치며 마셨네

혀에 감싸 안고 도는
그윽한 차의 뒷맛에
우리는 서로 마주 보며
고개를 끄덕이며 미소를 띄웠네

차 맛도 변함없는 너의 마음을 닮아
온화하고 진하지 않으나 감싸주는
그윽한 향이 입안을 맴도네

친구야 이 녹차의 향기가
그윽하듯이 우리 둘 사이도
변함없는 그윽한 마음으로
이해해 주고 감싸주고 사랑하자

우리 둘이 말이 없어도
차를 마시며
고개를 끄덕인 것처럼…

친구를 찾아가는 길

입동이 무서리같이 입김 뿜으며
한바탕 흰 눈이라도 퍼부을 기세다

도시의 소음을 벗어난 조용한 요양병원
치매 환자 말기 암 환자들의 치유를 돕고자
자신의 전공에 매진하는 친구

시간을 쪼개어 일하는 그를 만나러
우리 셋은 이른 아침부터 발길 재촉했다
매(梅) 난(蘭) 국(菊) 죽(竹) 사군자로 불리길 원했던 우리
멀리 있지만 정갈한 산속의 난향을 그리워하며
너를 생각하는 그리움은 뭉게구름처럼 피워 올라
오늘 함박눈으로 내릴 것 같다

작지만, 매사에 당찬 친구
사색의 폭도 넓고 깊어 덩치만 큰 우리는 따를 수가 없다
이해심도 많지만 작은 고추의 매운 맛도 갖춘 친구다
어디에서 노력하든 우리들의 소임을 잘 다듬고 가꾸어
마주 보며 크게 기뻐할 날을 그려본다

매화는 후문학파로 시의 영역에서
난초는 전공을 살려 약사로 봉사하고
국화는 화가로 창작극의 연출가로 소외된 이웃을 찾아 행복을
대나무는 모든 시련 녹여낼 수 있는 믿음과 포용력으로 우리
모두를 아우를 수 있는 친구

먼 곳에서 찾아오는 친구가 있다는 건 정말로 기쁜 일이다
옛 성인이 한 말 생각나는 오늘이다

명동 거리

마음을 읽을 수 있는 친구들과
오랜만에 찾은 명동

옛날 중국 반점을 찾아서 이른 저녁 먹고
옛날식 찻집에서 황혼의 아가씨가 따라주는 차 맛을 보며

아~ 옛날이여
푸근하고 마음에 흐뭇함을 주는 몰약 맛이네

둘씩 팔짱을 끼고 걸어본 거리
어느 이국의 야시장을 찾은 느낌
활기 넘치고 부딪히는 눈길마다 미소가 흐르네

황혼의 그림자를
읽을 수 없는 마음만은 청춘인 그대들

어쩌면 그리도 잘들 늙으셨어?
누구도 범접 못할 재기와 도를 터득할 만한 마음가짐
인간 게놈의 역사가 여기 있네

쌀쌀한 초겨울 날씨에
부슬부슬 겨울을 재촉하는 비

우리에겐 아랑곳없네

친구의 포켓에 손 푹 찔러 넣고
따뜻한 손 꼭 잡고 걸은 거리

한 폭의 이야기가 흐르는
마음으로 보는 풍경화였네

칼국수 명상

다정한 친구 셋이서
둘러앉아 호 호 불어가며
젓가락에 감아 올려 먹는 칼국수

칼칼하게 버무린 김치 맑은 얼갈이김치
서로 쳐다보고 미소 지으며
국수 한 젓가락 감아 넣은 입에 푸근한 정들이 넘쳐 흘러
미소가 함박꽃같이 연신 지어지고 입을 다물지 못하네

동네에서 소문난 칼국수 맛을 보여 주겠다며
급히 부르는 친구의 소박하고 예쁜 마음에
먼 거리도 마다 않고 단숨에 달려갔네

정류장에 똑같은 시간에 만난 친구
반갑고 기쁜 마음에 손잡고
어릴 적 뛰던 토끼뜀도 뛰고 싶네

이 시간 우리는 어릴 적 꼬마 친구들의 마음과도 같이
근심 걱정없는 즐거운 동심으로 돌아갔네

편하고도 즐거운 만남
후루룩 넘기는 맛있는 칼국수 속에
끊이지 않고 이어지는 소중한 우정

청라 언덕

코 흘리던 어린 시절
유서 깊은 근대화가 시작된 지역에서
배우고 잔뼈가 굵었다

박태준 작사 이은상 작곡의 내 동무에 나오는 언덕에서
추억의 안갯길을 더듬듯 목청껏 불러 보았다

100년 넘게 대구(大邱)를 개화시킨
신구(新舊) 종교가 나란히 마주 보고 있어도
정겹게만 느껴지는 것은 나만의 감회일까

벽 안의 선교사 종자 사과나무 이 언덕에 처음 심고
그 옆에 이식한 세 그루 엄마 쳐다보듯 자라고…
대구(大邱) 사과의 효시임을 알고 옷깃 여몄다

처녀 선교사 사랑하는 이와 애틋한 이별하고
더 큰 부르심에 미지의 세계에 뛰어들어 무지를 깨우치고
이 언덕에 잠드셨네

세월이 흘러 어느 봄날 벽 안의 할머니
꽃다발 무덤에 바치고 통곡하며
처녀 선교사 잊지 못한 아버지의 유언을 받들고
사랑하였노라는 영혼을 전해주러 온 딸

등나무꽃 줄기 주렁주렁 늘어져 보랏빛 자태 은은한데
삼일절 노래도 목청껏 부르고…
언덕 아래 이상화 시인의 고택 "빼앗긴 들에도 봄은 오는가?"
몇 번이고 읊조리며 나라 잃은 시절의 설움 느낄 수 있었다

민족의 질곡의 삶이 짙게 밴 청라 언덕
꿈길 걷듯 둘러 보고 돌아서는 길 민족혼이 살아있는 언덕에서
여고 시절의 푸른 마음 한 아름 안고
서늘한 기쁨에 가슴 뛰었다

※2016년 4월 15일
  대구 경북여고 개교 90주년 동창 모임에 다녀와서

유관순 열사

참 궁금한 일
어릴 적 영화로 본 헐벗고 추위에
떠돌아다니던 선열의 어린 두 동생

오늘은 마음속 그 숙제가 풀리는 날
유관순상 시상식에서
여성 애국지사의 발자취를 연구하는 분
그런 분이 건재하고 있어 든든하였다
어린 학생들의 유관순 횃불 상
당찬 소감 발표를 듣고 미래가 믿음직하고…

열사의 영정 우러러 이목구비 하나하나 눈에 넣으며
1919년 그해의 3월 하늘 그리며
아오네 장터에서의 만세 소리 귀에 울려 오는데…

열사의 혈육 오빠의 며느님을 뵙고
그때 어린 동생도 자손을 두고 무사히 지내셨다니
평생 궁금증이 사라졌다

오빠와의 마지막 옥중 면회
"너는 사람이 70평생을 두고도 못할 일을
70일 만에 다 했다. 장하다. 내 동생!"

17세에 대한 독립만세 부르시고
18세에 옥사하시며 남기신 말
"나라 독립을 위해서 쓸 몸이 하나밖에 없는 것이 원통하다"

징소리 같은 여운으로 굽이굽이
3월 하늘 퍼져 나가고…
봄이 아닌 듯 쌀쌀한 추위 속에
열사가 배우고 자란 교정의 목련꽃 봉오리에
봄은 이미 와 있었다

*제15회 유관순 상 시상식에서
 일시: 2016. 3. 28.
 장소: 유관순 기념관(서울 이화여고 內)

춤추는 인어

여고 동창 단합대회에 참석한 날은
시월의 상큼한 코발트 빛 하늘이었다

"삼바 춤을 그대와"
제목부터 흥분을 준다
머리에 꽃 달고 뉴기니의 외딴섬
공주같이 목걸이 팔찌며 번쩍번쩍
늘어뜨린 발 치마에 엉덩이 설렁설렁
흔들고 나온다

점점 격렬하게 가슴 물결 일으키며
엉덩이도 율동적으로 360도 흔들며
한 번씩 추어올리는 추임새에 전율마저 느끼네
누가 이들을 할머니라고 부를까?
선글라스로 부끄러움 가리고
좌우 원을 그리며 대열도 아름답게
부드러운 손놀림 엉덩이 흔듦은
물오른 인어마냥 그녀들이 꼬리를 한번 칠 때마다
은빛 물거품이 소용돌이 치며 관능미가 뚝섬 유원지를 휩쓸고

즐거움과 웃음을 한바탕 선사하니
천상 여고 시절 바로 그 소녀들

인생은 칠십이 황금 시절의 정점이라고…
말한 노익장 선인의 말씀이 가슴에 와 닿아
엉덩이 들썩들썩 두 손 얼얼하도록 기립박수를 칩니다

*2016년 10월 20일
　뚝섬 한강공원 경북여고 단합대회에서

불우한 화가와 그를 추모하는 가수에게

나는 아침에 눈을 뜨면
그대의 청아한 목소리에
내 마음의 호수에 동그란 파문을 끝없이 그리며
그대들의 사랑에 가슴앓이를 합니다

세상의 그 어떤 사랑과 그리움이
이토록 내 가슴에 여운을 남기고
눈시울을 적실 수 있을까요

그대들이 있어 이 세상
어느 끝에 태어났더라도
이 지구는 살만한 가치와 순수한 사랑이
살아있는 곳입니다

그대들이여
너무 서러워 마오

이 지구 한 자락 끝에서
나의 소녀 시절 붉은 꽃처럼
아름다운 정열과
늙은 노후의 중후한 사랑까지
그대들의 사랑과
맑은 영혼에 아낌없이 보내드려요

6·25 정전 64주년을 회상하며

아침에 일어나 마주한 뉴수
그동안 잊고 살았던 사건에 마음이 숙연해진다
생면부지의 생소한 지구의 한쪽에 있는 작은 나라
한국을 구하기 위해 UN의 21개국 젊은이들이 참전했고
3년 반이나 계속된 전쟁에서 3만 7천여 명의 외국 젊은이들이 생
을 바친 나라
많은 젊은 피를 대가로 치르고 구한 우리나라
우리는 모두 나의 소중함과 인류애를 새겨보는 마음의 여유를 가
져야겠습니다

포탄이 쏟아지는 치열한 전쟁터에서 외국 여기자가 한 병사에게
던진 물음
"지금 가장 바라는 것이 무엇입니까"
"내일입니다"
살아있어 내일이 나에게 존재할 수 있기를 간절히 기도하는 마음
옛 흑백 화면의 생생한 삶과 죽음의 모습을 접하며
뜨거운 열기가 가슴속 밑에서부터 솟구쳐 오릅니다

승승장구하며 압록강까지 올라갔던 국군과 UN군은 통일을 눈앞에 두고

중공군의 인해전술로 포위되어 육로 탈출 길이 막히면서

1950년 겨울 함경남도 개마고원의 장진호에서 전쟁사에 성공적인 탈출기를 남겼다

죽음을 두려워할 생각도 못 하고 전진만이 살길이라 진눈깨비 뿌리는 칠흑 같은 밤

영하 40도의 압록강의 추위는 무서웠다고 회상하는 백발의 참전용사

눈가에 물기가 가득 고였음을 보았습니다

죽음의 행진을 계속하던 중 차츰 눈발이 걷히며 하늘에 또렷이 반짝이는 별빛을 보고

주님은 우리를 포기하지 않고 버리지 않으셨다는 노병의 회고

원산이 포위되자 함흥을 택해주신 섭리 삶에 기적은 있는 법인 듯
목숨 앞에 무기는 무기일 뿐 모두 버리고 정원의 230배를 넘겨
우리의 부모 형제들을 태우고 함선은 3일 밤낮 남으로 남으로
거제도의 장승포에 14,005명이 무사히 도착
미국 함장 용단을 내려준 인류애의 전령사들이 있었기에
크리스마스의 기적은 이루어졌고 새 생명도 5명이 건강히 태어났다고
한다
꽃피우지 못한 많은 젊은이의 희생과 용기에 고개 숙여집니다
참으로 이 지구의 인류는 정의를 위해서 너와 나의 구별이 없는 하나임
을 느끼는
깊이 생각하는 아침입니다

2019년 여름 홍천 공작산 자락 원추리

J.S.A(공동경비구역)

일행은 화창한 날씨에 소풍 나온 기분으로 재잘거리며
버스에 오른다
한번은 가보고 싶은 곳이었다
판문점을 향해 가까이 갈수록 이상한 공기가 가슴을 누른다
동승한 군인의 주의사항에 말소리는 사라지고 끝내 침묵만이 흐른다
철탑 위에 높이 솟아있는 두 개의 국기
서로 마주 보며 결코 물러설 수 없다는 듯 펄럭인다
여러 번 일어난 돌발 만행사건의 영상을 보니 가슴이 저린다
군사 정전 회의 장소 조그만 탁자에 시선이 머물자
뭉클하고 찌릿한 액체가 몸을 타고 흐른다
남북으로 금이 그어진 탁자
그동안 얼마나 많은 슬픔과 통곡의 세월을 머금고 여기 남아 있는가
어느 깊은 산골의 아름드리 잘 자란 수려한 나이테는
이념의 총칼 앞에 죽음과 망각의 시간에 알몸으로 흐느끼고 있다
잘생긴 우리의 아들들은 주먹 불끈 쥐고 석고상보다도 더 굳어져 자
리를 지키고 있다
그 젊은 주먹에 한결같이 선명한 푸른 핏줄이 솟아있어
부모 형제를 내 한 몸 바쳐 지키겠다는 굳은 의지가 보인다
순간 뜨거운 눈물이 솟구쳤다

세상에 하나 남은 이상한 탁자의 아픔과 고문의 멍에는 언제쯤
벗겨질는지
화창한 봄날 아직도 이곳은 봄이 아닌 불끈 쥔 두 주먹에 핏줄
이 솟아있다

거미와 벌레

옥상에 만든 조그만 텃밭
새벽같이 올라와 살펴보던 중
발이 수없이 달린 벌레가 쏜살같이
기어와 움찔하고 물러섰다

빠르게 기어가던 벌레가 멈췄다
실 한 올로 좁쌀만한 거미가
덫을 놓았네
그 자리에 얼어붙은 듯 바라볼 수밖에
이게 자연의 먹이사슬 섭리인가

벌렁이는 가슴을 누르고 다음 날 보니
큰 벌레는 껍질뿐, 거미는 녹두 알
크기로 커져 있다
조물주가 만든 생명근원의 순리에
인간이 관여할 수가 있을까?

인간은 한층 더 나아가 자연의 피부는
모두 벗겨내고 폐부까지 파고 들어가
북극의 빙하가 억장이 무너지듯
눈물로 녹아내리는 것을
무감각한 상태로 보고 있다

여기서 멈추어야 한다
생명선을 건드리는 찰나도 바로 앞이다
모든 생명의 모태인 자연을 아끼는
그 날이 하루빨리 와야겠다
인류의 후손을 위해서라도…

김치

누가 뭐래도 몸과 정신을 살찌워 온
뼛속 깊이 배인 우리의 맛
오랜 세월 밥상머리를 지킨 주인
잘 차린 밥상도 이것 빠지면
생각조차 할 수 없다

갓 절인 김치의 풋풋하고 신선한 식감
갓은 양념의 감칠맛은 상큼한 젊은 맛에
더하여 얼얼하게 매운맛 또한
청춘의 맛일 것이다

잘 숙성된 김치를 만나면 맛보고 싶은 자극에
입 안 가득 옥수가 고이며
꼴깍 목구멍 넘어가는 흐름이 있다
싱싱하면서도 맛의 절묘함과 영양가까지 두루 갖춘
잘 살아온 인생의 맛이다

시어져 꼬부라진 군둥내 나는 묵은지는
한세월 보내고 못내 아쉽고 서럽지만
최선을 다해 입맛을 돋우고 생명에 봉행한 깊은 연륜의 맛
차마 이대로는 버려질 수 없기에
모든 고명과 양념 훌훌 털어내고
부침개 만들면 그 깊은 풍미는 이웃집 코를 벌름이게 하고
묵은지 두부찌개는 입소문 난 토착음식
비나 부슬부슬 내리는 날엔 막걸리 한 잔 곁들이면
깊은 인생의 맛 덤으로 느낄 수 있다

누구에게나 친히 다가갈 수 있고 처진 어깨 토닥여 줄 수 있는 맛
참고 견디어낸 시간만이 이 맛을 만든다
시어 꼬부라진 삶일지라도 남은 생 묵은지 같은
깊은 맛으로 살아가고 싶다

자격증

삶은 길었지만 되돌아보는 이 순간
자격증에 열정을 쏟고 탐구한 적도 있다
전공한 분야의 언저리를 더 완벽하게
갖추고 싶은 의욕에 부푼 적도 있었지만
마음 비우고 난 지금 바람에 휘날리는 낙엽과 같네
모두 잊고 떠나야 하는 바람인 것을

아하!? 머리를 찧고 통탄할 일
무덤까지 함께 가야 할 자격증을 놓쳤네

어둠이 내리고 무대의 막이 서서히 내릴 때
미소 짓고 퇴장할 따뜻한 손길 없어 서운하네
노을 바라보며 곱게 동백꽃처럼
꼭지 채 떨어져 그렇게 산화하고 싶었는데

인생은 죽고도 싶고 살고도 싶은 파도같이
끊임없이 밀려오는 물결
삼키려는 파도 띄워주려는 바람
의지가 필요치 않은 한 마디
바람같이 물같이 살다 가라는 말 귓가에 맴도네

결혼

누가 보아도 맞지 않는
인간의 잣대로 손해 보는 배필이다

나이 든 색시는 첫 만남에서 말했다
알코올 중독으로 몇 차례 치유 받은 적 있는
낙인 찍힌 구제 불능자라고…

맞선 자리에서 가냘프고 서늘한 미모를 가진
눈 큰 아가씨의 고백에

눈코 뜰 새 없이 살아오면서도
글로 마음을 표현하려 애쓰던
동심의 노총각은 할 말을 잃고
처음이자 끝이라고 결심하고 돌아섰다

몇 날 몇 밤을 가슴앓이하며 부인했으나
이성과 감성은 투쟁하고 있었다
"내가 구하지 않으면 그녀의 앞날은 암흑을 걸을 텐데…"

결국 인간 내면의 측은지심과 사랑하는 마음이
결혼을 이끌어 내었다
건강한 아들 낳고 아내의 병을 조금씩 고치면서
오순도순 살고 있다
한순간에 고칠 순 없으나 인내하며 사랑하며
정상의 자리로 이끌어 가며…

말없는 그는 진실한 사랑의 경지를 터득하고
몸소 실천하고 있는 남자

나에게 쓰는 편지

찬 이슬 내리는 계절
낙엽도 창가에 마지막 몸부림으로 뒹굴고
싸늘한 입김을 토하는 초승달 벗 삼아
나에게 쓰는 편지가 있습니다

떨리는 손과 흐려지는 눈망울
또박또박 힘주어 써 내려 갑니다
고향 집, 청라언덕, 꿈속에 보이는 늙지 않는 소녀들 이름
김소월, 윤동주, 릴케
삶— 그리고— 인생
해와 달이 쳇바퀴 돌 듯 과녁에서 떠난 시위처럼
멀리 나를 데리고 왔네

십 대의 학구열
이십 대의 희망과 사랑
삼십 대의 열정
사십 대의 건강함과 성취
오십 대의 자신감과 포용력
육십 대의 여유로움
칠십 대의 물러설 수 없는 희망과 정열과 사랑

지나간 시간 지난 것은 지난 대로 뜻이 있네요
너! 아직도 잠자고 있니?
일어나! 우리의 남은 꿈을 완성하기 위해
사랑받기보다는 사랑할 수 있는 사람으로 우뚝 서자
따뜻한 마음으로 일으켜주고 손잡아 주며 여기까지 온
우리 모두에게 나는 기립 박수를 보낸다

동창회 60주년을 맞이하며
−약학과 21회 김경희

해와 달이 교차하여 어느덧 동창회 60주년
여기 동창 선후배님들이 한자리에 모여
잘 영글은 육십 회 성상을 새겨봅니다

푸른 가슴 큰 뜻을 품고
꽃향기 싱그러운 교정에서 진선미의 이상을
추구하던 때가 주마등처럼 스칩니다
실험실에서 독한 가스 마시며 가쁜 호흡으로 뛰어나온 잔디밭에는
김활란 박사님의 동상이 미소 지으셨고
우리들의 젊은 꿈은 영글어 갔습니다

오랜 세월 연마한 지식과 능력은
이제 도도한 큰 흐름의 강줄기가 되어
인류의 건강과 행복한 삶을 위하여
아낌없이 베풀어 주는 생명수가 되고 있습니다
우리는 모두 한 뜻으로 모여 더 나은 삶과 희망을 얘기해 봅니다

이제 우리 이화의 약손이 더 넓게 세상을 보듬어
질병의 고통을 이기는 희망의 빛이 되어 세상을 비추어야겠습
니다
오늘 우리의 위상은 먼 훗날 후배들에게 초석의 밑거름이 될
것입니다
개개인은 미약할지 모르나 어느덧 이화의 큰 흐름은
더 넓은 바다를 향해 나아가고 있습니다

손에 손잡고 한마음 한뜻으로
모태인 이화가 아름다운 꽃을 피우듯이
인류의 건강과 행복을 위하여
꽃피우고 열매 맺어야 하겠습니다
동창 선후배님 아끼고 사랑합니다

2019년 청송 주산지

4부

가을 여행

크로아티아의 두브로브니크 성

로마제국의 후예들이 살아남기 위해
생사의 기로에서 쌓은 고성
세월의 흐름 따라 주위 열강들의 물결이
밀려오고 쓸려가듯 수차례 전화를 겪은 수도원과 궁전들은 그
때마다 조금씩
새로운 옷을 갈아입듯 변화하며 고딕
르네상스의 양식이 혼합된 곳
전흔의 아린 상흔은 까만 눈동자처럼
점점이 성벽에 박혀 역사를 응시하고…

조상들의 핏빛 유산을 안고 먹고 마시며 뒤섞여 삶을 이어가는
후손들
그 흔적은 견고하나 오랜 풍상에
사그라져가는 뽀얀 먼지 같은 베일을 쓰고 벗은 알몸의 역사를
보여주는 듯하다

오늘도 각양각색의 인간 개미군단은
이리저리 미로 같은 길을 인솔자 뒤따라
줄지어 오르내리네
성벽 위 역사의 흔적을 차근차근 휘돌아 밟으며 우리는 무엇을
생각하나?

흥망성쇠를 겪은 고성은 마지막 사그라 들어가는
촛불로 몸을 태우고 있는 듯…
한 세월 열풍이 지난 뒤 치열하던 이념도
성이 겪은 고통과 함께 숨죽이며
공존하고 있음을 느낀다

우리 인간의 욕망과 투쟁은 끝없이
때맞춰 불어오는 아드리아 해의
계절풍인가?
역사의 파노라마는 흔적을 남기고…
노을진 사원의 종탑에서 은은히
울려 퍼지는 종소리
지금 서 있는 나에게도 허브향 짙게 밴
이곳 역사의 바람은 얼굴을 스치고
지나가네

*2016년 7월 크로아티아의 두브로니크 성에서

노르웨이의 빙하계곡

티끌 한 점 없는 청남색의 깨끗한 물감을 칠해 놓은 것 같은 하늘
솜뭉치같이 크게 부풀어 올라 은빛으로 빛나는 구름
우리가 보아온 자연의 채도와는 한층 선명하고 청정한 푸르름에 눈마
저 부시고 멍해진다

수만 년 이어 오면서 쌓인 만년설
에메랄드빛의 빙하 계곡은 탄성을 자아낸다
물입자 속에 햇빛의 파란색만 투시되어 오랜 세월 눈이 쌓여서 얼어붙은
옥색의 얼음 폭포는 신기하였다
요스테달 빙원의 한기닥인 뵈이야 빙하는 8월의 중순인 여름에도 초
겨울이었다
산악 열차로 플롬 계곡 20km의 가파른 협곡을 나선형으로 가로 질러
빙하계곡이 큰 폭포수를 이루고 쏟아지는데
길게 늘어뜨린 금발에 핏빛 붉은 드레스를 걸친 요정이 바위에서
환상적인 음률에 흐느적거림은 요염한 오싹함을 느끼게 한다
넋을 잃고 카메라에 담으려고 애를 쓰는데
안내양의 말 옛날에는 요정이 살았는데
복잡한 현세에는 모두 사라져 발레학교 학생들이 대신한다고 귀띔
꿈꾸던 환상이 아쉽게 되었다

너무나 춥고 혹독한 계절에 살아남기 위해 이웃의 나라를 약탈하는
바이킹 해적으로 인류 역사에 큰 발자취를 남기기도 했다
짧은 여름 햇살을 아낌없이 사랑하고 긴 겨울을 맞을 차비로
가옥은 자그마하고 지붕은 쌓이는 눈에 모두 세모꼴이었다
한 점 바람도 막으려고 문들은 무겁고 견고해 아이들에겐 벅찰 것
같았다
열악한 기후 조건에도 자연환경을 관광개발로 이용하고
선진국의 대열에서 부를 누리고 있는 그들이 대단했다

문득 한 생각이 스친다
우리나라만큼 사계절이 뚜렷하고 기후 좋은 곳은 없다
요즘 주위환경이 점차 나빠지고 이념으로 대립하고 있으니 가슴 아
픈 일이다
하루속히 잘린 허리가 시원히 풀려 마음껏 숨 쉴 수 있는 그 날이
오기를

렘브란트의 명화 돌아온 탕자

이 그림은 누가복음(15:11~32)에 적힌 성경 말씀을 기초로 그
린 명화이다

인간은 누구나 죄를 짓기 쉬운 인성을 갖고 있다
창조주의 자비로 오감으로 느낄 수 있고 흔들리기 쉬운 감성과
사랑할 수 있는 마음마저 주셨으니
이 세상에 널려있는 좋은 것은
모두 탐닉하고 싶은 욕망이 앞선다
죄를 짓지 않기 위해 모든 걸 극복하고 수도하는 사람도 있다
나약한 감성으로 죄를 짓고 어느 한 순간 창조주의 섭리를 우
러르며
용서를 구할 수 있는 이성을 주신 것도 사실이다

나약한 탕자의 누더기와 벗겨진 신발 세상의 죄를 함빡 뒤집어
쓴 몰골
창조주는 그를 사랑하는 아들로 결코 저버릴 수 없는 소중한
분신으로 받아들이신다
탕자의 어깨를 감싸 안고 있는 왼손은 든든한 기둥인 아버지의
믿음직한 손으로

다른 손은 자애롭고 사랑이 가득한 어머니의 손으로 묘사되어있다
자식의 생사를 모르고 마음 아파한 아버지의 두 눈은 시력조차 희
미해져 초점이 흐려있다
화가의 빛을 이용한 간결하면서도 마음속 심리까지 느끼게 하는 묘
사법은
가히 빛의 화가란 칭송을 들을만 하였다

우리에게는 누구나 든든히 지켜주고 올바른 길로 나아가기를 바라는
아버지가 계시고 크나큰 창조주의 사랑이 늘 함께 있음을 느끼며
성실하게 살아갈 수 있는 희망의 메시지를 얻을 수 있는 명화였다

*네덜란드의 화가 렘브란트의 명화
  러시아의 상트페테르 브르크에 있는 에르미타쥐박물관에서

알함브라 궁전

스페인 그라나다의 알함브라 궁전
이슬람교가 스페인에 들어오면서 지은 궁전
양보할 수 없는 종교의 이념 싸움에서 허물어지고
궁전 기둥과 돔 정원 터만 남았다

모스크 사원에 사람과 동물형상은 새겨서는 안 된다는 율법에
따라
기하학적 다양한 문양의 흔적은 정교한 솜씨에 경이롭고
흘러간 영화를 반추하고있다

정원의 아름다움은 으뜸으로 세계인의 사랑을 받고 있다
신이 계시는 곳만을 우러러 하늘로만 향하여 곧게 뻗어 나가는
사이프러스나무는 줄지어 경건하게 정원을 감싸고
신의 영역에 들어온 것 같은 신비한 기운마저 감돌게 한다

궁전 뒤뜰 조그만 연못 슬픈 이야기를 들려주고 있다
여러 왕비 중 한 사람이 귀족 청년과 사랑에 빠지자
그 가문의 청년들을 연회에 초청한 다음 모두 죽이고
오래된 나무도 증인으로 잘라 고사 시켰다고 한다
고목이 된 나무는 흉측한 몰골로 아직 남아있다

연못 바윗돌엔 순례객의 발길에 놀란 개구리
두 눈 휘둥그레 뜨고 가슴 벌렁이고 있다
떨어진 낙엽은 소소한 가을바람의 물결에 일렁이고
인간의 욕망은 끝이 없어 하늘로만 향하는 사이프러스나무의
기원은
아직도 자라고 있다

＊2018년 가을 스페인 그라나다의 알함브라 궁전에서

건축가의 궁전

세계적 건축가 가우디의 사상과 예술혼이 깃든 공원
그는 건축가이기 전에 온몸으로 부딪히고 창조해내는 예술가
였다

구엘 공원 조성에도 그의 검소함과 예술 감각은 깨진 세라믹
조각으로
아치형 지붕을 장식하여 세계 유일한 신비한 동화 속에서 살아
보고 싶은 욕망을 일으킨다

동산을 정비하면서 걸러낸 돌 조각 석회석과 합쳐 자연스러운
산책로 기둥과
쉴 수 있는 등받이 의자도 만들어 건축물 일부가 되었다
언덕을 오르자 깨진 세라믹 조각을 색색이 맞추어
조각품 같은 의자를 굽이굽이 둘러놓았는데 척추를 받쳐주는
편안함에 놀랐다
내려오는 길에 물결치는 큰 파도를 연상시키는 돌기둥 길은 동
심의 세계로 흡입됨을 느낀다

예술을 겸비한 공학적 설계는 안전함을 추구했으며
자연과 친화적인 동화 속에 나오는 집에서 영원히 행복한 삶을
누리고 싶었던 그의 건축이념을 엿볼 수 있다
가우디는 우리 인간이 꿈꾸는 내면의 이상향을 설계하고 싶은
예술인이란
생각에 끄덕이며 늦가을 나그네의 얼굴엔 미소가 지어진다

*2018년 가을 스페인 바르셀로나의 구엘 공원에서

스페인 몬세라트 수도원의 검은 성모님

줄지어 늘어선 인간의 욕망 끝이 보이지 않는다
전능하신 분에게 내가 왔노라
눈을 맞추고 손을 비빌 필요가 있을까

검은 조각상의 성모님 얼굴 손 품에 안은 예수님
인간 손끝의 매운 이기심에
살갗이 한 벌 벗겨진 것처럼
붉은 광채까지 내비친다

개미 떼 같은 군중의 꼬리에 붙어
나도 가냘픈 소원에 목을 맸다

성모님의 인자한 모습은 어느 덧
눈물이 일렁이는 잔잔한 파도처럼 밀려오고 있다

아차! 정신을 차리고
수난 당하시는 성모님의 고운 얼굴에
세속의 땀으로 흠뻑 젖은 내 손까지…
제단 맨 끝에 꿇어앉아 우러러 뵙는 것만도 축복이었다

성당 밖을 나오니 갑자기 소낙비가 쏟아졌다
기암절벽의 몬세라트산을 올라온 모든 인간에게
내리는 진정한 세례식이었다

*2018년 9월 스페인의 몬세라트 수도원에서

플라멩고 쇼(flamenco)

조상은 인도에서 이주한
에스파냐의 남부 안달루시아 지방 집시들 음악과 춤

지중해 연안의 정열적인 태양 살기 좋은 곳을 찾아
머나먼 낯선 곳 찾아든 사람들
그들은 헐벗고 천대받았다

살기 위해 온몸을 던져 춤추고
극도의 모멸감을 이겨야 했다
동작 하나하나에 투쟁과 격렬한 발길질
나름대로 스트레스를 해소하고 있다

팔 손동작은 각도를 세우며 규율 있게 움직여
흡사 무술 보는 느낌이다
다리 발동작은 일 초의 여유도 허용치 않고
눈으로 셀 수 없을 만치 빠르다

목놓아 토하는 울부짖음
강자에게 할 수 없는 발길질, 지축이 울릴 만치 구르고 차고…
이제 그들은 살아남았고
세계적인 그들만의 문화유산을 우뚝 세웠다

손뼉 치는 중에도 전율이 느껴진다

*2018년 9월 스페인 세비야에서 플라멩고쇼를 보고

북해도의 쇼와신산(昭和新山)

아직도 끝나지 않았다
내부에서 꿈틀대는 생명
끝없이 솟구쳐 미명의 세계를 탈출 아름다운 이 세상
첫 만남의 환희를 남기고 싶었다

살아있는 가슴 활짝 열고 그리움의 세상 보고 싶은 것이다
흘러내리면 한갓 용암의 눈물로 끝나고 말겠지만
끈기 있게 참고 버티고 뭉쳐서 모든 눈이 주시하는 침묵의 상
을 만들고 싶었다

한층 쌓고 고집스런 뜻 꺾지 않고 농축시켜 때가 되면 힘 모아
올려보내
쌓은 탑은 어느덧 거대한 산봉우리를 만들어 철갑을 두른 듯
견고하구나
세계에 하나뿐인 용암 산봉우리 고희(古稀)를 넘어 처음의 뜻
놓지 않고
태초의 꿈을 실현하고 있다

응시하는 눈동자들 백 년을 가겠지만 이제는 숨 고르기로 넓은 들판에
높이 솟은 걸작품 만들고 UNESCO에 지정되고
사람과 함께 살아가고 있다

탄생의 순간 자식처럼 성장을 기록하고 아끼고 사랑하여 늠름한 자태로 키우고
전 생애와 물질을 헌사한 현지의 우체국장 미마츠마사오(三松正夫)란 부모가 있었기에
쇼와신산은 웅장하게 자랐고 아직도 숨을 쉬고 있다

*2018년 7월 북해도 도야에 있는 쇼와신산을 보고

중국 장가계에서

억만년 된 바위 숲으로 둘러 싸인 곳
너를 보는 순간 내 생애 한 번은 만나봐야 될 사랑이었다
그곳에 몇십 년 된 내 헐떡이는 숨결은 너와 나를 한 줄기 바람
으로 엮어주었네

태곳적부터 불어왔던 이 바람은 온 세상을 쓰다듬고 오늘 여기
까지 스쳐 지나가네
너는 단단한 원소만 뽑아 몇억 년을 버티고 기다려
오늘 우리의 만남은 시간을 초월한 가슴 설레는 연인의 첫 만남

지금 이 시각 생명의 한순간을 공유하며 영원히 지구 끝날까지
같이 가는 거다
너의 원소와 나의 새털같이 가벼우나 내 몸을 이루는 원소가 있
는 한
우리는 또 어느 별에서 다시 만나지리다

정릉(사적 제 208호)

단아한 봉우리를 이고 한 많은 여인이 여기 누워있다
여인의 옷 매무새를 여미듯이 곱디 고운 잔디로
이불삼아 한 점 흐트러짐이 없이…
흰구름 머무는 곳 높은 봉우리에 홀로 솟아있네

흘러가는 흰구름은
그 옛날 영화와 피눈물 흘린 여인의 한을 어루만지며 달래줄 수 있
을까

신덕왕후 강씨의 단릉으로 조선개국후 현비로 책봉
태조 이성계와의 사이에 "방번" "방석" 두 왕자와 "경순"공주를 두
었네

왕자의 난에 태조의 전처 소생 태종에게 권력과 부귀의 무상함을
처절히 당하여 두 아들을 잃고 공주마저 속세를 떠나 비구니가 되
었는지라
그 애통함이 하늘에 닿았으리라

정동에 있던 그의 능은 정릉 외진 골짜기로 옮겨지고

능을 에워싼 병풍석은 헤쳐져 청계천 광통교 복구에 쓰였는지라
신주도 종묘에서 제외되는 수난의 극치를 당한 여인

삼백년 가까운 세월이 후른 후 현종10년
송시열 등의 건의로 종묘에 신주를 모시고 지금 모양의 아담하고 아름다운 능으로
다시 조성되어 1899년 신덕고(高)황후로 추존되었네
2009년 6월 30일 유네스코 세계문화 유산으로 등재되는 영광도 함께했네

능 양쪽에 서 있는 석호와 석양의 호위를 받으며
홍살문을 경건한 마음으로 들어서야 황후의 봉분을 접견할 수 있네
정말 무서운 집념과 의지의 여인이란 생각에 절로 고개 숙여지고
세월을 초월하여 자기의 존엄한 위치를 온전히 차지한 여인이네

여인이 한을 품으면 오뉴월에 서리가 내린다던가?

육백년 가까운 세월을 거치면서도 정체성을 잃지 않고
후세에 존엄과 한 많은 삶을 온전히 전수하여 마음에 새기도록하고
오늘도 의젓하고 단아한 귀품있는 정능으로 사랑받으며 참배객을 맞이하고 있네

속설에 정릉에서 태어난 사람은 다른 곳으로 이주하는 것을 극히 꺼

려하여

되도록이면 자기 품안에 두고 보살펴주고 싶어한다는 이야기
도 전해오고있다

한과 집념의 여인이여 오늘도 능앞에서 나도 모르게 조용히 고
개가 숙여지네

*참고
　홍살문 −신성한 지역임을 알리는 붉은살대가 설치된 문
　석호− 돌로 만든 호랑이, 능을 지키는 수호신
　석양− 돌로 만든 양, 사악한 기운을 물리친다고함

반구대 암각화

국보 제285호로 지정된
신석기 말부터 청동기 시대로 추정된 암각화
가을 햇살 눈부시게 빛나는 석양 무렵
발걸음 재며 종종걸음으로 찾아갔네
해박한 지식을 숙지한 분 만나서
운 좋게 상세한 설명 들을 수 있었네

현존하는 세계 최초의 포경유적이며
세계적 포경역사를 5000년 앞당겼다고 한다

지금의 육지동물들과 같은 사슴 양 멧돼지 호랑이 범 여우 늑
대 족제비
바다 동물로는 고래 거북 물고기 상어 가마우지
더불어 살았네

울타리를 만들어 동물을 사육하기도 했고
고래에 대한 그림이 58개로 가장 많다
현존하는 고래의 종류와 어미 등에 납작 붙어있는 새끼고래
사랑하는 마음 엿볼 수 있고 작살 부구를 이용하여
고래가 가라앉은 자리 추적하는 과학적인 모습도 보였네

힘차게 돌진하는 멧돼지
수많은 세월을 지나 살아 있는듯하네

그물로 물고기를 잡기도 하고 활과 같은 도구로 사냥도 하며
열심히 살아온 모습 엿보이네

토굴에서 옆구리에 어린아이를 끼고
돌 화덕에 먹거리를 끓이는 아낙네
오늘의 우리들 마음이네

고래잡이에서의 목숨 건 사투
무딘 도구로 가슴 벅찬 그 상황, 표현하고 싶었던 예술혼
글은 없어도 그 장면 머리에 떠오르고
마음을 더하여 표현하고자 하는 시적 감상은
방대한 서사시가 되어 살아온 발자취 마음으로 느끼네

조상님들이여 그대들의 성실한 생활과 예술혼으로
오늘 저희가 살아있음에 감사합니다

가을 여행(1)

깊어가는 가을
남해의 쪽빛 바다를 끼고
굽이굽이 휘돌아 찾아간 깊은 계곡의 산사

세속을 떠나 깊은 골짜기 암자에
시 쓰시고 미소 지으시는 스님
부처님께 다가가는 깨우침이 시가 되어
깊은 산 속 맑은 감로수가 되어 흐르네
맑은 마음의 울림에 그 마음 닮으려는
사람들 하나둘 모여드네

또 한 분
키 크시고 말 없는 동안 속에
마음 가득 인정이 넘치시는 스님
힘든 세속 짐 지고 찾아가는 이에게
몸소 다독여 주는 그 손길은
부처님의 마음이 아닐런지요

두 분 스님이 계셔 천리길 산사를 찾아갑니다

세상의 얽힌 마음들 실타래 풀듯이
산사의 계곡에 흘러보내고
바르게 나아갈 길 맑은 정신에 가다듬고
새로운 기운과 희망을 안고 돌아 오는길

친구와 손 꼭 마주 잡고 젊은날의 순수한 마음 잊지 말고
우리들의 남은 생 사랑하며 열심히 살아가자고 다짐했네

2019년 청송 주산지 내려가는 길

가을 여행(2)

멀리 양산에 있는 시동생 홀로 된 형수님 측은히 생각하는 마음
이 깊어
단풍잎 물드는 계절 친구들과 함께 청해주어
가을 정취 흠뻑 취하고 고운 단풍잎 마음에 물들어 돌아왔네

굽이굽이 깊은 계곡 휘돌아 감아
우뚝 솟은 산새의 울창함에 놀라며 도착한 곳 밀양 내원사
가히 제2의 금강이란 명칭 얻을 만하네
맑은 공기 물 자연의 혜택을 모두 갖춘 곳
이곳에서 인간의 고해를 떨치고자 공부하는 곳이라 하네

신비한 해발 높은 곳에서 힘차게 쏟아지는 한줄기 은빛 물자락
천년을 넘어 깊은 소 만들어 유유히 사철 맑은 물 흘러내리니 그
이름 걸맞게 홍룡사
양쪽 절벽의 단풍들이 붉은 물감 풀듯 붉은 물 계속 흘러내리니
푸른 용이라도 붉은 채색으로 용틀임하고 살았으리라

나라의 위태로움에 의병을 일으킨 사명대사 그 뜻을 기리는 표
충사

깊은 계곡에 확 트인 평지 오랜 세월 역사를 지켜보며 자란 울창
한 나무들
곧게 뻗어 사열하듯 충렬의 기상 기리고 있네

시동생의 인연따라 뵙게 된 영하 스님
맑은 눈과 오뚝 솟은 콧날에 수도승의 흐트러짐 없는 자세와
귀하게 받은 친필의 가르침은 서체의 아름다움과 수양의 무게에
고개 숙여지네

나를 사랑하고 하고 싶은 일 최선을 디히여 열심히하라는 스님
의 덕담 마음에 새깁니다

천 년을 훨씬 넘긴 벽화들이 국보로 대웅전을 감싸고 있는 고색
이 운무같이 흐르는 신흥사
이곳에서 반세기를 넘게 기도로 수행하신 소년같이 맑은 모습과
깨끗함이 흘러넘치시는 노스님 뵈옵게 되었네
오랜 세월 수도 생활이 주옥같은 글씨 되어 서체에 흐르네
세속에서 보기 힘든 한 점 흐트러짐 없는 글씨에 옷깃을 여미고
우러러 뵙게 되네

무엇이나 열심히 쓰고 싶다는 나에게 시 쓰는 일은 아주 힘든
고통이지만
그보다 훌륭하고 좋은 일은 없으며 눈물에 젖은 시는 더욱 좋
다고 하시며
눈 크게 뜨시고 손잡아 주신 스님
돌아서 오는 길에 그 뜻 알 것도 같습니다

내 옆에는 주름진 얼굴이지만 고운 소녀의 마음으로
소박하고 아름다운 향기 간직한 그 어느 들꽃과도 바꿀 수 없
는 친구가 팔짱 끼고 있어
좋은 계절에 몸과 마음이 따스한 행복한 사색의 나들이였네

강원도 양양 하조대 소나무

작다고 하찮게 보지 말지어다
그는 천수 200년을 살고도 사랑스러운 자태
자연이 거두고 다듬고 정성 들여 만든 작품

바위는 그가 행여 편치 않을세라
서로 손 맞잡고 돌려가며 에워싸고
편히 생명의 기를 뻗도록 배려하네

푸른 바다의 맑은 정기와 철썩철썩 밀려왔다 되돌아가는 파도
의 노래
금빛 은빛 물이랑 지어 그의 마음 허전할까
한 점 티끌 남길까 저어하네

하늘 바다, 그리고 바위는 너를 키우며 얼마나 흐뭇하였을까
인간 세상에서는 볼 수 없는 예술품

너의 고고한 자태 마주 보면 경이로움에
두 손 가슴에 모으고 뛰는 박동을 느낀다

지금 이 시간 순결한 아름다움 고이 세월을 넘기를
눈에 힘주어 마음에 스케치한다

정자 밖에는 부슬부슬 소리 없이 비가 내린다

2019년 양양 하조대

강원도 양양 하조대 소나무(2)

동해의 맑은 물에 말갛게 얼굴 씻고
오늘도 기다린다 그리운 임을

이끼 낀 파르스름한 연둣빛 치마
허리 졸여 동여매고 아랫도리 풍성히 늘여 뜨려
그 자락에 두어 명 어린 자식도 품었네

다소곳이 빗어 넘긴 사철 푸른 윤이 나는 머리카락
200년이 흘러도 그의 정절 변치 않음이네

인간의 허망한 사랑은 쉬이 물거품이 되겠지만
자연이 맹세하고 새긴 사랑은 천년을 바라보네

눈비, 바람 거센 풍랑 일으켜 때때로 고운 자태 탐하였으나
변치 않고 기다린다

동해의 금빛 물이랑 헤쳐 눈부신 태양 속에
하늘 바다, 바위에 가득 채워줄 사랑을 안고 찾아오는 그 임을

그리움

경주 가까운 양동마을
옛날 양반가들이 품위 있게 살아온 마을 풍경이 절로 그려진다
잘 보존되어 세계문화 유산으로 등재된 터다

동네 어귀에 들어서면 발걸음부터 조신하게 걷기를
소슬바람조차 불어와 구르는 잎새도 조심조심 내 뒤를 따른다
옛날의 영화를 일러주듯 제비 깃털같이 기와지붕의 연화 무늬는
하늘로 솟아있다
아직도 흐트러짐 없는 한복차림의 늙은 안방마님을
빗질 된 마당 한 켠의 노송이 허리 굽혀 들여다 보고 있다
석양에 한 줄기 바람 일어 낙엽이 우수수 골목길을 쓸고 다니며
선비의 정신을 아는 듯 마지막 남은 목 백일홍 붉은 정열을 뿜고
찾아오는 적막감을 맞이하고 있다
댓돌 위에 꿈을 꾸고 있는 듯 놓여 있는 흰 고무신 한 켤레
혼자 남은 여인네는 숨소리마저 죽이며 안방 창호지 뒤로 몸을
숨겼다
정갈히 닦은 새하얀 고무신 옆에 떨어진 은행잎
오늘 밤은 벗이 되어 그 옛날이야기 듣고 싶어 찾아왔다

2019년 정약용 생가 근처에서

삼복더위

강원도 홍천의 봉황산 자락
고즈넉이 펼쳐진 언덕
겨드랑이 께를 흐르는 계곡의 작은 폭포
한여름의 찌는 열기를 날려 보내고, 이열치열 정상에 올라
큰 날개를 활짝 펴고 뜨거운 열기를 뿜어낸 기상들
불같은 화덕의 열기를 후끈후끈 김을 뿜어내며 돌아온 채전밭
풍덩풍덩 계곡의 웅덩이에 멱을 감고 물방개마냥 빙그르르 돌고
바위에 오르면 이 맛에 삼복도 머리 조아린다
옥수수 장작불엔 들썩들썩 가뿐 숨 몰아쉬는 솥단지
한 켠의 나무 그늘에서는 알맞게 쪄낸 감자의 분이 포근한 부드러
운 맛으로
입속으로 넘어간다
돌판에 구워낸 고기는 바쁘게 날고
뙤약볕은 개울물 소리 따라 숲속으로 날개를 드리우고
오늘 하루 자연의 생명은 부지런히 성숙을 위한 발자취를 남긴다

눈빛은 정다움으로 흐르고 빗장을 연 마음들은 푸근함으로 이
어진다
어느덧 뉘엿뉘엿 해는 저물고 돌아오는 길
여운이 남아 손 치켜들고 흔드는 인사 가뭇없어라
차창에는 한줄기 폭포수가 시원히 퍼붓고 있다

산사의 아침

오랜만에 멀리 남해의 산사를 찾았다
나그네의 선잠을 깨울세라 밤새 새 색시의 발걸음처럼 숨죽여 내리
던 안개비
새벽에 일어나 방문을 여니
쪽빛 바다의 싱그러운 향을 품은 운무가 스멀스멀 밀려오네
하나둘 산릉선을 선녀의 흰 치마폭으로 감싸듯 휘감고
점점 몰려와 시야는 순백의 동공이 되고
몸뚱이마저 신선 세계로 흡입된 것 같네
천혜의 자연이 있어 한세상 깨우치는 도인이 되는 곳도 여기구나

세속의 순례자는 잠시나마 텅 빈 마음으로 신선의 경지를 음미하고
가끔 바람처럼 물처럼 흘러서 찾아오고 싶은 곳 이기도 하다
구김 없이 열심히 살아온 따뜻한 손을 가진 친구가 잡아주는 손
더욱 따뜻하게 느껴지는 것은 산사의 운무 때문일까
알 수 없는 인간사의 인연 때문일까
한 생각에 잠기는 중 어느새 짙은 운무는 장막을 거두듯 물러나고
푸른 산세에 멀리 보이는 바다는 한눈에 새기고 싶은 풍경이다

자연의 경이로움에 감탄하며
불교의 깊은 진리는 모르지만, 산사에서 얻은 마음의 고요함
비록 작은 가슴이지만 크게 심호흡하여
조금 더 사랑하는 마음 키우고 싶다

스노우 보드

독수리처럼 비상하여 하늘을 희롱하고
갈매기의 저공비행으로 사뿐히 내려앉는 그대는
하늘을 새처럼 날고 우주의 무중력을 느껴보고 싶은
날개 없는 한 마리의 인간 새

높이 올라갈수록 날갯짓의 맛을 느끼고 진정한 새의 자유를 탐한다
자연의 대기권을 자유자재로 내닫고 날갯짓 한번 해 보기를
우리 인간은 얼마나 염원했던가

평창 동계 올림픽의 각국 선수들의 비상飛翔 실력을 겨루는 재주를
보고
그들과 함께 창공을 날고 호흡을 가다듬고 새의 날갯짓을 배웠다

꿈에서나 날아 보았던 멋진 비행을 그대들과 같은 꿈을 안고
한 몸 되어
심호흡 들이키며 손에 땀이 젖도록 하늘을 날았다

어릴 적부터 날아보고 싶던 새의 날갯짓을
날개 없이 태어난 우리가 오늘 함께 날았다

*2018년 평창동계올림픽에서

우분투(UBUNTU)

우리는 함께 행복해질 수 있다
마음의 선택에 밝은 빛을 비추면

나무 밑에 딸기 한 광주리를 두고 먼저 뛰어가면 독차지할 수 있다
아이들은 서로 손을 잡고 발맞추어 뛰어가서 함께 나누어 먹으며
얼굴 가득 미소가 넘쳤다

문명의 때가 묻지 않은 아프리카
그 심성은 손잡고 가는 삶을 선택한다
낼슨만델라가 가장 많이 거론한 말이기도 하다
너 혼자 울게 나 둘 수는 없다 내 마음이 더 울고 싶으니까

너의 웃는 모습에서 내 마음은 기쁨이 넘치고 천국이 바로 우리 앞
에 열리는 것
우리는 혼자서는 기쁨 슬픔 행복도 느낄 수 없고
희망도 아침 이슬처럼 스러질 것이다

우분투!!
내가 너를 위하면 너는 나 때문에 행복하고
너 때문에 나는 두 배로 행복해질 수 있다는 말
아프리카 어린이들에게서 체험하며
참 많은 걸 느낀다

2019년 현충사에서

5부

패랭이 꽃

백일홍

꼿꼿한 꽃대에 머리 들고
흐트러짐 없이 그 모습 가꾸어 나가는 것은
너의 고운 눈길로 품어줄
미소 가득한 날 기다리고 있음이네

휘어지지 않음은 지조요
꽃잎 떨구지 않고 오래오래 붙들고 있음은
날 찾아온 그 마음
그리움으로 아파할까 저어 함이요

괴로워도 기뻐도 안으로만 삭이며
있는 힘 다하여 백날을 약속함은
하늘이 맺어준 소중한 인연
결실을 맺기 소원함이네

모과

오랜만에 맡아본 향기
참 묘한 가을 향기네

코끝을 통하여
폐부까지 깊이 스며드는
상큼하고 머리까지 맑아지는 듯한 향기

나를 향한 친구의 마음이네

변함없는 사랑하는 마음에
나는 이 가을을 한 아름 선물 받고

심호흡하며 너의 향기 맡느라
킁킁대고 있네

도꼬마리처럼

홀로 걸어가는 길
참 재미없다
마음도 잦아들고
입이 심심하다

넘어가는 고갯길
서편 하늘에 붉게 물든 지는 해도
도리도리 고개 저으며
아니다 이건 아니다고 한다

산새도 목청껏 울다가 숨어 버린다
바람조차 말이 없구나

바짓가랑이 붙들고
같이 가자고 떨어질 수 없다고
줄기차게 잡는 이 누구인가

싫어하는 이 마다 않고
달라붙어 함께 동행하기를 애원하네
그래 함께 가자
너무 오래 혼자 걸었다

아, 도꼬마리

청자

아스라한 옛적에 나는 한 번 너를 스쳐지난 적이 있다
세속생활에 부대끼며 뒹굴어지며 쳇바퀴 주위를 돌다 흐려진 초점
그땐 너는 내 눈에 비켜 있었네

어느덧 석양빛이 아롱질 때 학을 타고 구름 위를 사뿐히 내려온 너
는
아직도 잃지 않은 소년의 해맑은 미소를 보냈고
순수한 눈빛은 마음속에 들어와 앉았네

천년의 풍상에 깊은 골이 파인 얼굴
그 빛은 잃지 않고 서늘한 푸르름은 더욱 고고해 세월을 거스르네
오랜 세월 헤어졌던 너와 나의 이음새는
정교하게 아름다운 물빛 고운 청자의 사랑이었네

내 영혼이 산화하기 전에 눈으로만 느끼고 마음으로만 대화할
수 있어
변함없는 너의 심성에 뜨거운 정열 전하네

너와 나는 전생에 한 번은 만난 적 있는 사이
불로 굽는 변치 않는 사랑을 낙인해 주었기에
현세에 숙명처럼 너를 만나고
또다시 만날 인연을 기대한다

동백꽃

뚝뚝 떨어진다

누구의 가슴에 멍울 드리우려
온몸 던지며 피멍으로 떨어진다

혹독한 계절 견디며 지조와 절개를 갖추고
누구보다도 그대를 사랑하였다는 꽃말

된서리 흩뿌리며 시련만 분분한 때에
붉은 마음 한 아름 솟구쳐 올랐는가

아직은 때가 아니다
머리 찧으며 아낌없이 던지네

만발하여 함박웃음 보내는 꽃보다
낙화한 너는 한없이 내 마음 파고드네

제비꽃

이른 봄날
쌀쌀한 바람결에
한줄기 따사로운 햇살

온몸 감싸주는 전율 느끼며

양지바른 길섶에서 살포시 고개 들고

사랑은 그렇게 수줍음 가득 머금은 채

처음으로 고개 들고 바라보는 첫 눈맞춤이라네

사군자

매화(梅) :
엄동설한 지나고 찬바람 아직도 살갗을 에이는 때
혹독한 계절 이겨낸 곧은 절개
봉오리 봉긋 맺어 분홍빛 백옥 빛 매화
꽃망울 터트리네
아 – 산천초목이 깊은 잠에 빠져 있는 때
새 생명이 움틈을 알리네

난초(蘭) :
녹음이 짙어갈 무렵 심신산골의 외로운 바위 틈에
정갈한 뿌리 내려 맑디 맑은 이슬 머금고
맑은 자리 찾아 몸을 앉히니
그 향기 순수하고 오묘함이 정신을 맑게 하누나
결코 한 포기 풀일 수 없음을 바람결에 속삭이네

국화(菊) :
소슬바람 불어올 때 계절의 마지막 정기와 정열
한 떨기의 정성으로 피어나니
아름다운 빛깔 풍요로운 자태 그윽한 향기마저 더하니
군자(君者)가 사랑하는 꽃이지만
흐트러짐 없고 고귀한 기품마저 간직한 그대를
누가 감히 희롱하겠는가?

대나무(竹) :
사시사철 푸르름을 간직하고 하늘 우러러 곧게 올라가는 외길
속마저 비우고 가는 외로운 길에
바람은 찾아와 위로하며 구슬피 울어 예이고
마디마다 애간장 끊어지고 이어져도
그 충정은 오로지 하늘로만 향하네

꽃무릇

한 몸이지만 결코 함께 갈 수 없는 상사화
목울대 길게 뽑아 휘이 둘러 보아도
태생부터 허전한 건 어쩔 수 없네

외로움에 젖은 너는 붉디붉은 사랑을 택했고
고운 얼굴 섬세함으로 님의 눈에 들기를 기다렸지만

소식 없는 그 사연에 한 아름 사랑도 갈가리 찢고 또 찢어
끝내 산발하여 허공에 흐드러지는구나

패랭이 꽃

꽃바퀴가 둥글었다면
꽃잎도 외겹인데
민숭민숭했을 꽃

섬세하고 예리한 톱니바퀴 자국
가장자리 에둘러 새기고
날렵함으로 바람에 하늘거리면
눈길 사로잡네

흰색 분홍색 빨간색 꽃잎
휫뿌린 점박이 선의 테두리 색깔
색의 조화까지 곁들었다

꽃말처럼
재능으로 단순함 변화 시키고
화려함 과분함은 거절
꾸밈없는 순결한 사랑
더욱 마음에 든다

연꽃

물은 흘러 비우고 비운 자리만 찾아드네
썩고 썩어 형체는 없어지는 것 정성만 남았네
순수하고 고운 빛깔 걸러 모아
이렇게 한 송이 고이 받쳐 올렸나

서늘한 한 줄기 바람결에 두 볼도 발그스레
절로 미소가 지어지네
그 옛날 스승이 치켜든 한 송이
빙그레 화답한 제자 그 마음 알듯도 하다

2019년 거제도 산장 앞 수선화

6부

호스피스 병동

콩과 팥(kidney)

나는 소우주의 무공해 생명을 지키는 책임자
쉼 없이 노폐물 거르고 걸러서 순수의 코아만을 뽑아 원초적
젖줄에 공급한다
세월이 흐를수록 오염은 심하고 변질한 독성도 강해져
정화시키려 애를 쓰나 역부족일 때가 많고 내가 혼줄을 놓고
있으면 생명을 유지할 수 없다
한쪽에 100만 개씩 200만 개가 되는 붉은 실타래를 거름망으로
앙증맞고 예쁜 모양 배 부분이 잘룩하여 이름 그대로 콩팥이다
나의 역할을 무시한 주인은 기분파인 동시에 귀도 팔랑귀
탁류의 유혹에 휩쓸려 무질서의 혼돈에 맴돌기도 했다
나는 지치고 지쳐 만신창이 된 몸을 외부의 기계에 의지하여
이틀에 5시간씩 노폐물과 독소를 거른다
고통과 사투를 벌이나 소우주의 행복한 낙원은 멀어진 지 오래다
나는 무엇과도 비교할 수 없는 정교한 구조로 주인과 생생한
처음 언약
지키고 싶었지만 섬세한 거름망은 찌꺼기로 굳어져 썩어가며
생을 마감한다

내가 떠난 후 혼수상태로 희멀겋게 부은 소우주엔
신선한 바람 한 점 불기 힘들고 생명의 노래를 멈춘 지 오래다
그래도 조물주는 포기하지 않고 다른 생명의 콩과 팥을 빌려
올 수 있게 했다
원초의 것만 하겠냐 만은 마지막 선물로 꺼져가는 생명을 다시
살릴 수 있으니
참으로 생명의 끈질긴 섭리이기도 하다

위대한 섬(Liver)

소우주를 지키고 있는 섬
아담한 두개의 부드럽고 빛고운 검붉은 토양
그 흙은 생명을 키우고 소생시키는 힘이 있다

계곡마다 정화수 묵묵히 샘솟아 우주를 흘러넘쳐
발길 닿는곳마다 생명의 움트는 소리 맥박속에 묻어온다

세월 흐르는동안 폭풍우 휩쓸고 몇차례 천지개벽도 찾아왔다
품고 있는 생명의 소중함에 휘몰아쳐 들어온 오염을
죽을힘 다하여 분을 다투며 한 댓박씩 맑게 걸르고 또 걸르니,
"내가 죽어 너가 살 수 있다면" 목숨 걸고 바둥대었지만…

무엇이라도 그 토양에서는 새 생명을 찾을 것 같았다

더이상 숨이 젖어들 수 없는 흙으로
끝내 바위 덩이로 꽉 차있어 한 줄기 물도 흐르기 힘든
폐허의 섬으로생명을 키울 수 없게 되자
섬은 자폭하여 산산히 부서지고 말았다

끝까지 지켜내지 못한 죄책감에
작은 섬은 흐느껴 울면서 소우주를 그렇게 떠났다
한 가지 희망을 남겨둔 채
생명을 보듬어 줄 수 있는 또 다른 섬을 곁에 품을 수 있다는…

심장(heart)

가슴은 아직도 뛰고 있다
생을 다 하는 날까지 멈추지 않으리

누가 감기고 간 한 마디
그의 박동에 충격을 주고 고스란히 뇌에 각인되어 있다
믿었던 사랑은 바람결에 홀씨처럼 날리고 기약없는 이별의 순
간을 맞을 때
이성을 잃은 몸부림의 상처는 고스란히 심장에 꽂힌다

그의 파열음은 온몸을 삼키는 고통을 줄 때도 있다
신체에서 분리되어도 몇 시간 동안 운동성을 보전하며
태초로부터 시작한 펌프질은 대를 이어 오고 있다

가끔은 트럭을 움직이는 힘도 나온다
사랑을 느끼고 반응할 줄 아는 그는 애완동물과의 교류로 심장
발작 뇌졸중을 반감시킨다
신나거나 잔잔한 음악에 반응하며 다른 개체에 이식되어 전주
인의 성격을 기억한다
제2의 뇌라고 불리우는 이유다

컨디션 악화 피로감이 올 때는 호흡곤란 현기증 식은땀이 비오
듯 솟고
꾸준한 산책과 좋은 음악 명상을 그는 좋아한다
평화를 좋아하는 그는 뇌와 더불어 소통하며 한 생명을 지키는
수호자

담배

한 치 앞을 못 보고 타들어 가는 숨이 있다
쌓인 스트레스 속을 태우며 재를 쌓는다

세상을 향한 화풀이는 한 모금의 연기로 날려 보내지 못한다
폐부에 각인되어 한 점 한 점 넓게 생명을 파고든다

미련 없이 고이 감싸고 영원히 이별하고 싶은 사연
미완의 생각은 터를 잡고 거부할 수 없이 찾아든다

길을 내고 주위의 경계를 뚫고 무법자의 거침없는 발걸음으로
치닫는다
어느 덧 밀당도 끝나고 내뿜는 한 모금의 달콤함은 목숨을 흥
정한다

처음 만남에 서로 간절한 느낌도 있었지만
서서히 주인의 생을 무너뜨리면 그의 사명은 다한 것이다

애틋한 만남에서 목숨을 바치는 해후도 있지만
황홀한 안개의 교훈은
무조건 사랑한 죄로 무조건 내놓는 생명이다

눈(eye)

검푸른 호수같이 맑은 그대
이슬 한 방울 맺힌다면 가슴 졸이며 기도하리라
한 생애 다 하는 날까지 수정처럼 맑게 비추어 주기를

한 말씀이 있다
"내 몸이 천 냥이면 그대의 존재는 구백 냥"

태어나서 그대로 하여 창은 서서히 열리고
사회적 동물의 가치, 만남과 소통
햇빛 타고 쏟아 들어와 환희의 물결로 모든 건 완성되었다

미리내의 별빛 총총히 흐르듯이 밤낮없이
한 생명의 길잡이가 되어준 그대
영원한 십자성같이 밝혀주고 인도해 주리라 믿고
한쪽의 마음도 전한 일 없다

그대를 혹사하고 조율하는 신경마다 고통과 자극을 주어
맑고 투명한 창은 서서히 주인의 망막에
허물어져 가는 상을 힘들게 비추어 준다
생명의 물길마저 혼탁해 지면
점점 시야는 좁아지고 아무것도 비출 수 없는 암흑의 세계도
기다린다

우리는 눈을 감고 한 시간만 생활을 해 본 적이 있는가

시력은 좋지 않을지라도 나의 생이 끝나는 날까지
시원한 창의 역할을 해줄 소중한 그대에게
밝은 햇살 아래 그대가 열어준 맑은 창을 통하여
문안의 글 올리고 있다

뇌(brain)

너는 누구이며 나는 누구인가
우린 일심동체일 때도 이심이체일 때도 있다
자기가 자신을 모른다고 정말 모른다고 딱 잡아떼면
이 세상은 더는 그의 것이 아니다
다른 힘의 지시와 엉뚱한 퍼즐의 뒤틀림에 이끌려
행동하고 살아가게 된다

큰 강줄기 흘러흘러 개울 만들고 졸졸졸 잘도 흐르더니
끝내는 실개천으로 스며들어 사라지고 돌아올 줄 모르니
살아온 추억도 어제의 기억도 망각속에 흐물흐물 녹아든다

창조물 중 으뜸인 인간은 전광석화처럼 번뜩이는 뇌를 고이 받
들고 산다
서로 교신하고 의기투합하기도 하지만 투쟁의 도구로 쓸 때는
그 피해도 크다
그 중에서도 상대의 보이지 않는 묘한 매력을 발견할 땐
최고의 선인 사랑을 느끼기도 한다

내가 나 자신임을 깨닫고 사랑할 수 있게 하는 너의 소중함
분명 조물주의 영역임을 느낀다

귀(ear)

지구 탄생의 거대한 소리도 생명의 움트는 소리도 너를 통해
듣는다
600만년 전 아프리카 유인원이 두 발로 걷다가 인간의 조상이
되었다
탁 트인 시야는 만물의 소리도 흠뻑 들을 수 있었다
누구나 고고성으로 탄생의 시작을 알린다
생명의 시작과 함께 모든 소리를 감지한다
쏟아지는 소리는 성장과 성숙을 맡았다
사후에도 오래 남아 있는 감각기관은 귀이다
말을 할 때는 조심하고 마음을 쓸 일이다

내 귀는 안테나 굽이굽이 둘러진 나이테는
생명의 움트는 소리와 발자취가 새겨져 있다
솜털로 날개 만든 홀씨의 비상도
바람결에 온몸 비우는 춤사위의 날갯짓 소리도
나는 보고 듣는다

누가 들려주는 사랑의 세레나데
쏟아지는 별 밤에 영혼과 더불어 귀 기울여 듣는다
아름다운 노래가 있고
영혼이 담긴 말씀을 들을 수 있고
생각과 마음을 전할 수 있는 소리
내 귀가 들을 수 있으니 감사한 일이다

호스피스 병동

긴 호스에 생명줄 연결하여
신의 선물인 한 모금의 생명을 들이키고 있다

여기는 이승과 저승이 공존하는 구역
두 팔과 다리로 부지런히 활보하는 자는
병상에 비치는 눈에는 지상낙원 거니는 천사들의 군무

한 가닥 삶을 붙들고 박차고 일어나 함께 날고 싶지만
간절한 소망은 멀어져만 가는가

저승의 그림자가 끈질기게 물고 늘어지니
인간의 힘겨루기는 점점 지쳐가고
어두움만이 병실을 짓누르고 있다

공기조차 풋풋한 자연의 향기 품지 못하고
두려운 침묵에 빛바랜 창호지처럼 누런 입김 뿜어내고 있다
초점 잃은 눈동자는 어디를 보고 있는지

생명은 태어난 곳 이별하기 싫어 넋두리에 혼이 나가고
분 초를 아끼며 투쟁을 거듭하지만
점점 찾아드는 어두움을 밝힐 자는 없는가

병동을 한 바퀴 둘러서 나오는 길
우리의 발걸음엔 분명히 천국과 지옥이 나누어지고 있다

생명

췌장암 말기인 그는 이승과 저승의 문턱에서
아내인 의사에게 고통 없이 잠드는 죽음을 부탁했다
정신이 혼미한 남편에게 영원한 잠을 부르는
방울방울 떨어지는 액체를 주입하다
다시금 인간 본연의 질박한 투쟁을 택한다
분신이 그를 허공중에 돌려보낼 수가 없었다

혼줄을 놓을 때까지 사랑하는 이의 이름만 더듬거리며
힘 풀린 다리로 부둥켜 안고 게처럼 옆으로만 가는 왈츠를 출
때는
사랑의 힘이 죽음을 밀어내는 듯했다
끝내 죽음은 의사를 덮쳤지만 해맑은 미소로 남편 마음에 천국
을 심던
아내는 그 순간부터 무너져 내리며 오열한다
고통은 이제 산자의 몫이다

죽음의 그림자는 누구에게나 찾아오지만
삶은 그에 맞서 헤어지기 싫은 처절함,
죽음을 뛰어넘는 사랑의 힘으로 연약한 생명 이어간다

천국으로 오르는 행복한 죽음은 없었다

유한한 그를 우리는 무한으로 사귀고 싶어 한다
생명을 관장하는 의사이자 마음을 깨끗이 비운 한 조각 구름
같은 승려
삶과 죽음의 도를 깨치고자 영겁의 시간은 찰나같이 흘렀고
수수께끼는 아직도 진행형이다

*의사이자 승려인 일본인의 죽음에 임한 다큐를 보고⋯

생로병사(生老病死)

눈발이 희끗희끗 시야를 가리는 날
맞잡은 친구의 손은 차가웠다
고운 그녀의 얼굴은 굳어서 얼어붙은 마음이 비치고 있다

봄날 후학을 가르치던 엘리트 교수의 푸른 꿈은 어디로
단풍잎 곱게 물드는 계절 오색 찬란한 향연도 바람결에 실려가고
지금 병사(病死)의 시대를 맞고 있다

삼지(三枝: 양어깨 다리)가 불편한 아내 한 쪽 귀 어두워진 남편
그들은 서로 부축하며 대학병원을 찾아 남편을 습격한 암과 투
쟁 중이다
무작정 기다려야 하는 진료 시간
병동의 벤치는 무릎담요만 덮으면 잠자리가 된 지 오래다

예약은 허공에 흐르고 인고의 기다림이 있을 뿐

결과를 거르는 시간은 분을 다투고
의사의 말 한 획도 놓치지 않으려 종이와 펜은 달리고
밀려 나온 노부부는 서로 얼굴 마주 보며 긴 숨 숨비소리마냥
후–우–
다음 치료와 진료를 의논하고 손잡고 돌아온다

친구는 말한다
생로병사 중 분명 병사(病死)의 시대를 지나고 있다고…
친구의 고통에 내가 할 수 있는 건 기도뿐
주님! 저들의 고통을 덜어 주소서

2019년 세미원

해설

강희근
(시인, 경상대학교 명예교수)

제1회 경남펜문학상 수상
경남문협 회장
경남시인협회 회장
국제펜한국본부 부이사장
한국펜 경남위원회 초대회장
한국문인협회 부이사장

1965년 서울신문 신춘문예 등단
시집 13권, 저서 13권 등 출간
경상남도문학상
송수권문학상
경남시문학상 등 수상

해설

김경희 시인의 시세계

−시집 『절규』 읽기

강희근(시인, 경상대학교 명예교수)

1.

김경희 시인이 첫시집 『절규(絶叫)』를 출간한다. 첫시집을 내
는 시인의 마음도 설레이고 이를 읽는 독자도 설레임 속에 행
간과 여백을 만나게 될 것이다. 좋은 일이다. 옛날에는 장안에
서 시집이 나오면 서울 4대문 안에 있는 이들에게 먼저 선보이
고 여력이 있으면 지방에까지 보는 혜택이 주어질 것이나 이번
출간은 경향에 두루 선을 보일 것이니 그 또한 좋은 일이 될 것
이다.

김경희 시인의 대표작은 시집 표제시인 「절규」라 할 수 있을
것이다. 물론 독자에 따라 그 대표성은 달리 이야기될 수 있을
것이나 시집의 첫머리 시 곧 서시의 자리에 놓은 것으로 보아
시인 자신이 그 대표성을 은연중에 드러내고 있어 보인다.

그대는 듣고 보았는가
떨어지는 낙화의 절규를
바람에 휩쓸려 쏟아지는 몸부림 소리를

그대는 듣고 보았는가
만년 빙하의 얼음 속에 갇힌
물 입자가 토해내는 멍들어 있는 울먹이는 절규를

참고 또 참으니
형상이 되고 빛이 되고 세월 그림자가 되는구나

뭉크의 절규는 시선으로 우리를 붙들지만
여기 나의 침묵하는 절규는
누가 보고 듣고 있나요

　인용시는 시인 자신의 내면에 숨겨져 있는 몸부림 소리 절규를 누가 보고 들을 수 있는가 하고 질문하는 시다. 봄이 오고 꽃이 피고 또 계절이 가면서 떨어지는 그 아픈 내면이, 만년 빙하가 간직해 가지고 있는 물입자의 멍든 엉김 그 켜켜이 쌓인 사연이 바로 보여지고 바로 들려지는 것이 아닌 것처럼 시인 화자의 뼈 간장 닳는 소리를 누가 보고 들을 수 있는가 하고 아픈 물음을 던지고 있다. 그것은 마치 뭉크의 '절규'에 버금가는 것일까? 뭉크는 다섯 살 때 어머니가 폐병으로 죽고, 14살 때 누나가 죽고, 남동생들은 젊을 때 죽고, 여동생은 정신질환으로 병원에 갇히고 말짱한 구석이 없는 캐릭터였다. 물론 김 시인의 절규가 갖는 캐릭터적인 외연은 뭉크와 전혀 다른, 어떤 보편적인 과정이었을 것이다. 그러나 시인의 경우 뭉크는 그림으로 형상화했지만 자신의 것은 그렇게 형상화하기도 힘드는 것임을 암시하고 있다. 침묵할 수밖에 없는 절규 그것이 더한 절규일 것이라는 언술이다.

김경희 시인은 대표작 「절규」와 달리 이 시집을 통해 대체로 네 가지 시 의식을 지니고 있음이 확인된다. 따라서 이 의식들이 그의 시집이 이루는 세계의 인자가 된다. 그 첫째는 가족단위 공동체의식이다. 그 두 번째는 생활에 편재한 신앙의식이고 세 번째는 벗과의 친교의식, 네 번째는 기행을 통한 낯선 것과의 통섭의식이라 할 수 있겠다.

2.
김경희 시인의 시적 제재는 가족공동체이거나 가족의 단위에 대한 의식이 뚜렷해 보인다. 그 대표적인 시로 「두레밥상」을 들 수 있다.

아직도 꿈을 꾸고 있다
두레밥상에 대해 따뜻하고 포근한 맛을

높낮이도 격식도 없고 빙 둘러앉은 자리엔
한눈에 들어오는 정겨운 눈빛들

모두 재잘대는 제비같이 맛있는 음식도 탐이 나지만
보듬어 주는 훈훈함은 덤으로 식욕을 돋우고……

수저 놓는 자리도 각인되어
매번 정확히 잘 챙겨놓는 것은 막내의 몫이다

엄마의 사랑이 둥글게 펼쳐진 밥상
빙 둘러앉은 가족들의 따뜻하고 건강한 눈빛
지금도 잊지 않고 찾아와 꿈속을 더듬고 있다

세월 흐른 지금 어느 식탁이 그리도 편하고 화목할 수 있을까
대리석 같은 식탁
그래도 혼자는 싫어서 꽃 한 송이 꽂아놓고 앉았다

두레밥상에서 누리는 따뜻하고 훈훈한 가족들의 사랑이 시의 주제이다. 그 밥상은 과거의 것이고 추억의 것이다. 빙 둘러앉은 자리에는 어머니와 막내가 있지만 다른 식구들은 화면에는 있으나 이야기 표면에는 숨어 있다. 한 가족들이 세월에 따라 유명을 달리할 수도 있으므로 시는 그 시기를 보편적 의식에다 두고 잡아서 쓴 것일 터이다. 가족들 공동체는 따뜻하고 포근하고 정겨운 눈빛, 보듬어 주는 훈훈함, 따뜻하고 건강한, 편하고 화목함 등으로 형용이 된다. 세월이 흐른 뒤 그 밥상은 아직도 꿈길에 서 있다. 다시 말해 유효가 끝이 난 것이 아니라 미래로 꿈속으로 이어져 갈 영원성이 그 본질이다. 그

렇고 보면 시인은 우리 민족의 역사가 품고 가는 전통적 세계에 두 발을 디디고 살고 있는 셈이다. 화자는 그런 면에서 모성의 주인이다.

김 시인은 가족단위의 기본을 〈부부〉에다 두고 있다. 극히 상투적일 수도 있지만 이를 제외하고 전통 가정의 기둥을 세울 수가 있겠는가.

1) 아름다운 계절에 둘이 만나 열매 맺고
비바람 견디며 가끔은 천둥과 번개에
부둥켜안고 떨기도 했지

한 세월 지루하게 느껴질 때도 있었지만
이제 먼 수평선을 바라보며
둘이 손잡고 섰네.

2) 수탉이 맛있는 애벌레를 발견하고
콕콕 찧으며 낮은 소리로 구구 구구
두어 번 고개 까딱하며 기다리네
멀리 있던 암탉이 종종걸음으로 구르듯이 달려와
맛있게 먹네

할아버지는 싸고 좋은 과일 고르며 읍내 시장에
할머니 좋아하는 복숭아 한 상자 사 들고 또 둘러보네
한 손이 아직 남았으니⋯⋯

가끔씩 잘 먹는 토마토도 내친 김에 한 봉지

　인용시 1)은 시「부부」부분이고 2)는「두 마음」부분이다. 1)
은 처녀 총각이 만나 내외를 이루고 한 공동체로 사는 이야기
이고 2)는 이들이 나이가 들어 노부부가 된 상황에서 사랑을
나누는 이야기이다. 1)은 인용 부분만으로 보면 형상화가 덜
된 상태이지만 2)는 둘째연이 형상화를 소상히 보여주는 시적
완결의 상태를 드러내고 있다. 젊은 부부는 젊다는 것이 형상
화로 통하고 노부부는 두 사람의 관계가 잘 익은 열매처럼 노
숙의 경지를 보인다고나 할까. 김 시인은 이렇게 가족의 근간
이 어쨌든 하나로 설 때 거기 전통이 또는 화목의 생애가 자리
잡는 것으로 이해하고 있다.
　그런데 시인은「고려장」을 쓰고 있다. 왜일까?

　낫처럼 굽은 허리로 아들 손을 잡고 집을 나선다
　며느리는 옷 보따리와 기저귀를 챙긴다

　노모는 봄날의 꽃 같은 나이로 시집 와
　유난히 머리가 컸던 아기를 죽을 고생하며 낳았다
　아픈 날이 많았던 핏덩이 가슴에 안고
　종살이 하며 기른 자식이다

　평생 눈에 넣고픈 내 새끼……
　―「고려장」 앞부분

인용시는 아들 내외가 노모를 요양원에 보내기 위해 집을 출발하는데(1연) 노모는 그동안 핏덩이 가슴에 안고 종살이하며 기른 자식이라는 것을 강조한다(2연) 그런데 그 자식은 아직도 눈에 넣어도 아프지 않은 자식이다(3연) 그 자식 내외가 노모를 요양원(고려장)에 보내기 위해 짐을 꾸려 떠난다는 것이다. 어미를 요양원에 내려놓고 며느리와 자식이 떠나는 뒷모습을 노모는 "사슴 같은 눈으로 떠나는 남녀를 바라본다"는 것이다. 아직도 어머니는 아들편이라는 것일까? 부부가 소중하고 가족이 두레밥상에 놓여야 안심이 되는 세대가 어찌 고려장을 할 수 있을까? 도래질 친다는 것이 문맥 속에 들어있어 보인다. 시는 정직하게 문맥을 따라가는 것일 듯해도 그 자체를 냉엄한 사실로 인정하는 것이 아니라는 점을 내포하고 있다. 비록 오늘날 요양원 신세를 지는 것이 대세라 하더라도 전통은 아직 극도의 천륜이 극도가 아니라는 점을 가리키고 있다. 독자들은 다 눈시울을 적시는 시간이 될 것이다.

3.
　김경희 시인의 시의식에는 생활에 편재한 신앙의식이 뚜렷하다. 요란한 신앙이 아니라 무던한 신앙의식이라 할 것이다. 「꿈」을 읽어보자.

한 발 앞서 걸어가는 그이
걸음 재며 쫓아가 잡은 손

지금 어디를 가고 있나요?
천국을 향해 걸어가고 있네

번쩍 눈 뜨고 바라본 창틀 사이로
고운 아침 햇살
스며들고 있네

그동안 드린 내 기도
그이의 발걸음에
힘을 보탰나……
ー「꿈」전문

　이 시는 앞 2연은 화자가 청자를 향해 말하고 있는 형식이지만, 그 뒤 3, 4연은 상황을 인식하는 언술이다. 화자가 청자를 향해 어디로 가고 있느냐고 묻는데 청자는 천국을 향해 가고 있다고 답한다. 그때 아침 햇살이 창틀 사이로 스며드는 걸 본다. 신의 따스한 입김을 발견하고는 화자가 청자를 향해 보내 준 기도에 대해 생각한다. 기도는 표나게 어떻게 되는 것이 아니고 자기도 모르는 사이에 이루어지는 것임을 은연중에 가리키고 있다. 이 점에서 시인의 신앙의식이 분명하게 작용하고 있음을 드러내고 있어 보인다. 기도는 남 앞에서 들으라는 듯 소리내어 하는 것이 아니다. 혼자 기도실에서 또는 생활 속에서 진심을 실어 성모송이나 천주경 같은 기도를 하거나 순간의 기도 화살기구를 할 수 있는 것이다. 다음 시「천사」를 보자.

나의 꿈길을 지켜주고 싶은 마음
하얀 비단길 드리워 밤하늘의 은하수까지 닿을 수 있도록
밤새 순백의 꿈을 엮는 이
영롱하고 맑은 고운 꿈꾸며 편안한 안식의 순간이 될 수 있기를
내 영혼의 주위를 맴돌며 두 손 모으는 자태

새날을 맞이하여 기운 솟구치는 몸과 마음으로
새로운 생명을 이어가고 희망과 행복 놓지 않고
두 손 가득 힘차게 움켜쥐고 나아갈 수 있기를
소원하는 기도의 음률
마지막 정열과 순수한 사랑까지 아낌없이 쏟아 줄 수 있는
그 힘을 믿기에
나는 단잠을 자며 새날을 꿈꿀 수 있다
─「천사」 전문

　　인용시도 기도의 힘을 믿는 신앙의 한 표현이다. 내 꿈길을
지켜주는 마음이 기도가 되어 편안한 안식의 순간이 될 수 있
도록 내 영혼을 맴도는 자가 천사이다. 우리가 흔히들 수호천
사라 하는 그 천사일 수 있겠다. 그 천사는 나를 위해 기운 솟
구치고 새로운 생명으로 이어가게 끊임없이 소원하는 기도를
음률로 올리는 자이다. 화자는 그 기도가 마지막 정열과 사랑
까지 쏟아붓게 하는 것을 믿는다. 그리하여 화자는 "단잠을 자
며 새날을 꿈꿀 수 있는 것이다" 신을 믿고 기도하고(신과의 대
화) 응답을 믿으며 다시 기도하는 이가 신앙인이다. 이 테두리

는 끊임없이 되풀이 되는 운동성을 가지고 있다. 그런 믿음까지 시인이 가 있다는 것이 놀랍다. 그래서 시 속에서 무슨 전문적 용어를 풀어 전문성을 과시하는 법도 없고 그렇다고 그 기도의 힘을 믿거나 말거나 식으로 술에 술 탄 듯 물에 물 탄 듯 무용의 행위로 치부하지도 않는다. 편재하는 생활 속의 신앙이라는 것이 바로 이런 것을 두고 한 말이다.

4.
김 시인의 세 번째 시 의식은 벗과의 친교의식에 닿는다. 생활에 벗을 두고 새기는 사람들은 행복하다. 아니 행복을 누리는 자이다.

아름다운 봄날
푸르른 희망과 정열을 안고
풋풋한 향기 풍기는 교정에서
우리들은 만났지

서로의 재능에 감탄하면서
때로는 무서운 경쟁자가 되어서
코피 터지게 학구에
열을 쏟은 적도 있었지

이제 녹음 짙은 푸르름은 사라졌지만
그대들의 잔잔하고 온화한 미소에

내 삶은 더욱 반짝이고
잘 연마된 보석이 되어가네
—「친구」에서

    화자의 교정은 봄날로부터 시작되었다. 희망과 정열이 풋풋
한 향기로 서리고 때론 경쟁자가 되어 열을 쏟기도 했었다. 이
제 푸르름은 사라지고 대신에 얼굴에는 잔잔한 미소가 번지는
나이, 우리는 연마된 보석이 되었고 그대들이 있어서 내가 있
는, 사랑과 미움이 용서와 감사로 되살아나는 교분의 철학! 이
제는 그 교분이 내세로 기약하기까지 하는 것이다. 벗이 있어
서 내세로 가는 힘이 생긴 것일까. 기나긴 학창의 세월이 인생
의 어떤 역정을 수놓았으니 교분이 교분 너머로 미래의 힘까지
보태고 있다는 과정이 아름답다. 「차를 마시며」를 읽자.

오랜만에 찾아온 친구와
다기에 녹차를 우려내어
정답게 눈길 마주치며 마셨네

혀에 감싸 안고 도는
그윽한 차의 뒷맛에
우리는 서로 마주 보며
고개를 끄덕이며 미소를 띄웠네

차 맛도 변함없는 너의 마음을 닮아

온화하고 진하지 않으나 감싸주는
그윽한 향이 입안을 맴도네
─「차를 마시며」에서

차 맛이 마음을 닮는다는 것은 어디서 온 것일까. 정을 주고
받고, 눈길 주고 받고, 미소 주고 받고, 차 맛이 친구와 친구 사
이에 놓여 주고 받고를 거듭하는 가운데 우려난다. '다반 향초'
나 '다도무문'이나 '오성다도'는 다 차를 즐기는 이들의 언롱에
속하는 것일까. 어쨌든 차는 인간들에게 격을 주고 쉼을 주고
멋을 주는 것임은 말할 나위가 없다. 친구가 있어 차가 있다면
더 이상 관계의 미학을 위해 준비해야 할 것은 없다 해도 좋을
것이다.

마음을 읽을 수 있는 친구들과
오랜만에 찾은 명동

옛날 중국반점을 찾아서 이른 저녁 먹고
옛날식 찻집에서 황혼의 아가씨가 따라주는 차 맛을 보며

아? 옛날이여
푸근하고 마음에 흐뭇함을 주는 몰약 맛이네

둘씩 팔장을 끼고 걸어본 거리
어느 이국의 야시장을 찾은 느낌

활기 넘치고 부딪히는 눈길마다 미소가 흐르네

　황혼의 그림자를
　읽을 수 없는 마음만은 청춘인 그대들
―「명동 거리」에서

　친구들과 찾는 명동은 추억을 끌어내는 장소이다. 중국반점이 있고 옛날식 찻집이 있고 야시장이 있다. 둘씩 팔짱을 끼고 명동의 활기 속에서 활기가 되는 친구들! 반점은 가장 보편적인 친구들과의 한 끼 에우는 집이고, 옛날식 다방은 수다를 떨어도 예의에 지나치지도 않고 함께 더불은다는 것만으로 우정이 불 지펴진다. 야시장에서 무엇을 살 것인가, 무엇을 습득해야 한다는 데 목표가 주어지는 법 없이 그저 자유로운 친애, 눈 맞추며 물건 보는 재미가 풋풋한 과거가 되는 것 행복이 되는 것 그런 것으로 저녁이 오는 시간! 아 그러함으로 황혼의 그림자를 흡수하는 새로운 청춘들이다.

　5.
　김 시인의 기행은 인생의 확장이요 교양의 자장임에 틀림이 없다. 그래서 그런가, 김 시인은 기행을 통한 낯선 것과의 통섭의식이 강하다.

　우리 인간의 욕망과 투쟁은 끝없이
　때 맞춰 불어오는 아드리아해의 계절풍인가

역사의 파노라마는 흔적을 남기고……
노을진 사원의 종탑에서 은은히 울려퍼지는 종소리
지금 서 있는 나에게도 허브향 짙게 밴
이곳 역사의 바람은 얼굴을 스치고 지나간다
－「크로아티아의 두브로브니크성」에서

두브로브니크성은 크로아티아에 있는 성벽이고 두브로브니크 구시가지를 둘러싸고 있는 성벽은 13세기부터 16세기까지 외부의 침략을 막기 위해 지은 2중으로 된 것이다. 성벽애서 내려다보이는 구시가지의 풍경과 아드리아해의 풍경은 이곳 관광의 핵심이다. 여기에 구시가지에는 역사와 성당과 전설이 엉겨 있는 화제가 성벽만큼이나 두텁다. 성모님과 성당의 역사에 이어진 건축이 크로아티아의 국보적 자산이라 할 만하다. 유고슬라비아의 내전을 겪을 때 유엔평화군이 크로아티아를 지켰지만 그 주요한 요새인 성벽을 폭파하는 위협에 저항하는 세계문화재지키기 운동에서의 인간띠 이야기는 화제였다. 김경희 시인은 그 복잡한 사연을 "인간의 욕망과 투쟁은 끝없이 때 맞춰 불어오는 계절풍인가"하고 물음으로 대신하고 있다. 또 "역사의 파노라마는 흔적을 남기고"라 하여 눈 앞에 있는 유럽 유수의 성벽 문화를 아끼는 마음으로 간절해진다. 그런 것이 통섭이다. 객관적인 것을 주관적인 것으로 끌어당기는 것이 통섭인 것이리라.

인간은 누구나 죄를 짓기 쉬운 인성을 갖고 있다
창조주의 자비로 오감으로 느낄 수 있고 흔들리기 쉬운 감성과
사랑할 수 있는 마음마저 주셨으니
이 세상에 널려 있는 좋은 것은 모두 탐닉하고 싶은 욕망이 앞선다
죄를 짓지 않기 위해 모든 걸 극복하고 수도하는 사람도 있다
나약한 감성으로 죄를 짓고 어느 한 순간 창조주의 섭리를 우러르며
용서를 구할 수 있는 이상을 주신 것도 사실이다
─「렘브란트의 명화 돌아온 탕자」에서

네덜란드 화가 렘브란트의 〈돌아온 탕자〉는 러시아의 '에르미타슈 미술관'에 소장되어 있다. 상트페테르부르크에 있는 미술관에 어찌 소장되어 있을까, 의아스럽긴 한데도 러시아의 예술적 감각이 대단하다는 생각이 들기는 든다. 그림은 둘째 아들이 유산을 챙겨 밖으로 나가 온갖 유락에 침몰하며 그 많은 자기 몫을 탕진하여 굶어죽게 되자 아버지가 있는 집으로 돌아온다. 아버지는 첫째아들의 불만을 무릅쓰고 아들을 위해 송아지를 잡고 잔치를 벌인다. 죽었던 아이가 돌아온 것이 소중했던 것이다. 이 돌아온 아들을 껴안고 받아들이는 장면은 사랑이 주는 본질이고 극치라는 점을 깨닫게 해준다. 아버지의 한쪽 손은 아버지의 손이고 다른 한족 손은 어머니의 손으로 표현되었다. 부성과 모성을 포함하는 표현이 절묘하다. 욕망과 용서의 앞뒤 거리를 하나로 통합하는 것, 그것이 또 다른 통섭이 아닐까?

이 작품은 김 시인의 신앙의식과도 하나로 이어지는 것이라 볼 때 그 신앙이 예술적 미학이라는 가치에 한 뼘 더 들어간 것이라 하겠다.

6.
김경희 시인은 이 밖에도 인체가 갖는 생명에 관한 절대의식을 보여주는 시편들이 있으나 시인의 학문적 전공에 닿아 있는 것이어서 해설에서는 할애하기로 한다. 여러 시적 의식을 짚어볼 때 김 시인은 성향이 가족 단위, 신앙 단위, 친구 단위, 기행 단위 등으로 의식이 넓게 보편적인 세계를 열어보이고 있음을 알 수 있다. 말하자면 사회생활을 하는 데도 두레밥상을 펼쳐 놓고 있다는 생각이 들게 한다. 거기다 전통의식이 배면에 흐르고 있음도 지적할 수 있다. 〈단소〉 소리나 〈사군자〉 지향이 그것이다. "절절이 가슴 여미며 파고드는 소리에/ 얼마나 많은 사랑이 꽃피우고 낙화하였던가……" 시인의 심성은 이렇게 절절하고 뼛속 스며드는 것이니, 시인은 그냥 일상을 읊어도 〈절규〉가 된다. 이 다음의 더 깊은 소리 들려주기를 기다리며 남도의 박수 소리 바람결에 훗, 불어보낸다.

절규(絶叫)

김경희 지음

2019년 세미원

발 행 처 · 도서출판 **청어**
발 행 인 · 이영철
영   업 · 이동호
홍   보 · 천성래
기   획 · 남기환
편   집 · 방세화
디 자 인 · 이수빈 | 김영은
제작이사 · 공병한
인   쇄 · 두리터

등   록 · 1999년 5월 3일
(제1999–000063호)

1판 1쇄 발행 · 2020년 6월 5일

주소 · 서울특별시 서초구 남부순환로 364길 8-15 동일빌딩 2층
대표전화 · 02-586-0477
팩시밀리 · 0303-0942-0478

홈페이지 · www.chungeobook.com
E-mail · ppi20@hanmail.net
ISBN · 979-11-5860-850-7(03810)

이 도서의 국립중앙도서관 출판시도서목록(CIP)은 서지정보유통지원시스템 홈페이지
(http://seoji.nl.go.kr)와 국가자료공동목록시스템(http://www.nl.go.kr/kolisnet)
에서 이용하실 수 있습니다.(CIP제어번호: CIP2020019998)